호르헤 루이스 보르헤스
Jorge Luis Borges 1899~1986

바벨의 도서관

성서는 인류의 모든 혼돈의 기원을 바벨이라 명명한다. '바벨의 도서관'은 '혼돈으로서의 세계'에 대한 은유이지만 또한 보르헤스에게 바벨의 도서관은 우주, 영원, 무한, 인류의 수수께끼를 풀 수 있는 암호를 상징한다. 보르헤스는 '모든 책들의 암호임과 동시에 그것들에 대한 완전한 해석인' 단 한 권의 '총체적인' 책에 다가가고자 했고 설레는 마음으로 그런 책과의 조우를 기다렸다.

'바벨의 도서관' 시리즈는 보르헤스가 그런 총체적인 책을 찾아 헤맨 흔적을 담은 여정이다. 장님 호메로스가 기억에만 의지해 《일리아드》를 후세에 남겼듯이 인생의 말년에 암흑의 미궁 속에 팽개쳐진 보르헤스 또한 놀라운 기억력으로 그의 환상의 도서관을 만들고 거기에 서문을 덧붙였다. 여기 보르헤스가 엄선한 스물아홉 권의 작품집은 혼돈(바벨)이 극에 달한 세상에서 인생과 우주의 의미를 찾아 떠나려는 모든 항해자들의 든든한 등대이자 믿을 만한 나침반이 될 것이다.

나펠루스 추기경

Der Kardinal Napellus

나펠루스 추기경

구스타프 마이링크

조원규 옮김

바다출판사

Gustav Meyrink

1868~1932

마이링크는 죽은 자들의 왕국이
산 자들의 왕국으로 들어온다고,
눈에 보이는 우리의 세상은 끊임없이 보이지 않는 저 세상의
침입을 받고 있다고 생각했다.

호르헤 루이스 보르헤스

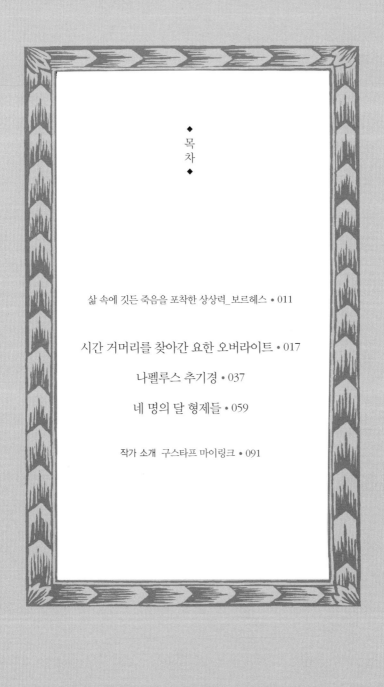

◆
목
차
◆

삶 속에 깃든 죽음을 포착한 상상력

호르헤 루이스 보르헤스

나는 토머스 칼라일의 상상력 넘치는 책들에 자극받아 1916년경 제노바에서 독학으로 독일어를 공부했다. 그 이전 나의 독일어 지식은 어미변화와 활용을 아는 정도였다. 나는 작은 영어-독일어 사전을 구입해서 나도 놀랄 정도로 무모하게 괴테의《파우스트》와 칸트의《순수이성비판》을 읽었다. 결과는 예상대로 실패였다. 하지만 나는 주눅 들지 않고 그 이해할 수 없는 책들 외에 하이네의 시집《서정적 간주곡》도 읽었다. 나는 하이네의 시가 짧기 때문에 당연히 괴테의 복잡한 시나 칸트의 비정형적인 문단보다 쉽게 이해될 거라고 생각했다. 거기 실린 〈눈부시게 아름다운 오월〉을 읽으며 나는 평생 나의 충실한 동반자가 될 문학에 마술처럼 뛰어들었다. 그 당시 나는 내가 독일어를 안다고 생각했다. 지금도 잘 모르는데 말이다.

얼마 후 프라하의 헬레네 폰 슈툼머 남작 부인이 최근에 나온 환상적 성격의 책이 있다며 그것을 복사해서 내게 주었다. 남작 부인은 죽었어도 그 수줍은 미소는 내 기억에서 아직 사라지지 않는다. 하여튼 그 책은 변화가 너무 많은 문학에 지쳐 있던 대중의 폭넓은 관심을 끄는 데 성공했다. 바로 구스타프 마이링크의 《골렘》이었다. 그 책의 분명한 주제는 게토였다. 볼테르는 기독교와 이슬람교가 유대교에서 유래했으며, 이슬람인들과 기독교인들은 이스라엘을 혐오한다고 생각했다. 몇 세기 동안 유럽에서 그 선택된 유대 민족은 일정 지역에 갇혀 있었고, 그곳은 나병 수용소와 다름없었지만 역설적이게도 유대 문화의 마술 같은 온실이 되었다. 그런 애수적인 환경에서 야심찬 신학 카발라가 싹텄다. 스페인계의 유대 신비철학인 카발라에 대해, 카발라 창시자 모세 드 레온은 '천국에서 시작된 은밀한 구어 전통'이라고 표현했다. 카발라는 신성의 성격과 알파벳 문자의 마술적인 힘에 대해, 창조주가 아담을 창조했듯 카발라 신도들이 인간을 창조할 가능성에 대해, 사색할 수 있는 좋은 땅을 게토에서 발견했다.

카발라 신도들이 만든 인간 호문쿨루스가 바로 '골렘'이다. 아담이 점토를 의미하듯 골렘은 히브리어로 흙덩이를 의미한다.

구스타프 마이링크는 그 전설을 이용하여 잊을 수 없는 소설 《골렘》을 탄생시켰다. 그 작품은 루이스 캐럴의 《거울을 통하여》의 몽환적 배경에 숨 막히는 공포를 결합시켰다. 시간이 흘렀어도 나는 그것을 읽었을 때 느꼈던 공포를 잊지 못한다. 예를 들어 꿈이 꿈을 꾸고, 악몽은 또 다른 악몽의 한가운데로 사라진다. 목차 자체도 나의 호기심을 자극했다. 각 장의 제목이 단음절로 되어 있었다. 그와 동시대인인 젊은 허버트 조지 웰스가 환상적인 것의 가능성을 과학에서 찾았던 것과 달리, 구스타프는 모든 기계장치를 뛰어넘는 마술에서 환상적인 것의 가능성을 찾았다.

그는 '마술적이지 않은 일을 할 능력이 우리에게는 없는 겁니다'라고 〈나펠루스 추기경〉에서 말했다. 노발리스가 찬성할 말이다. 이런 시각의 또 다른 상징은 묘비명이다. 독자는 〈시간 거머리를 찾아간 요한 오버라이트〉에서 그것을 발견할 것이다. 그 이야기는 비현실적으로 보여도 미학적, 철학적 진실을 담고 있다.

처음에는 담담하게 시작되는 그의 단편은 점차 고조되어 우리의 경험과 내적 공포를 일깨운다. 쓸데없는 시간 낭비 같았던 서술들이 은유와 알레고리를 넘어 우리 자아의 본질과 합치된다. 첫 줄부터 작가는 예상할 수 없는 결말을 준비해 놓았다.

〈네 명의 달 형제들〉은 두 가지 주제를 포함한다. 하나는 독자가 저항할 수 없도록 잘 만들어진 비현실적 주제다. 또 하나는 좀 더 고통스러운 주제로, 마지막 페이지에 가서야 발견된다.

여기 실린 단편들은 《박쥐들》이라는 작품집에 발표된 것들로, 1929년경 나는 그 책의 첫 수록작을 스페인어로 번역했다. 나는 번역한 텍스트를 부에노스아이레스의 한 신문에 발표했고, 마이링크에게 보냈다. 마이링크는 내게 답신을 보냈다. 그가 아는 스페인어로 살펴본 바 나의 번역이 훌륭하다고 칭찬하며, 내게 자신의 초상화도 보내 주었다. 늙고 고통이 밴 그 얼굴의 섬세한 특징들과 비스듬히 기른 콧수염, 우리 아르헨티나 작가 마세도니오 페르난데스와 어렴풋이 비슷한 그 얼굴을 나는 잊지 못할 것이다. 그러나 그의 조국 오스트리아는 많은 문학적 정치적 사건들 속에서 그를 거의 잊어버렸다.

독일의 문학사가 알베르트 죄르겔은 마이링크가 세상은 부조리하며 결국 세상은 비현실적이라는 사상을 가졌을 거라고 추측했다. 그런 그의 사상은 먼저 그의 풍자적인 책들에서 나타났고, 이후 환상적이고 잔인한 책들에서 나타났다. 여기에 모은 세 단편은 그의 가장 중요한 작품 《골렘》을 예고한다. 다음으로는 《녹색 얼굴》이 이어진다. 그 작품의 주인공은 유랑하는 유대인이다. 《발푸르기스의 밤》,《서쪽 창문의 천사》는 다른 세기, 영국 연금술사들의 이야기이다. 그다음으로 나온 작품이《흰옷 도미니크회 수사》와《저편의 문턱에서》이다.

당대 유명한 여배우의 아들이었고, 나중에 이름을 구스타프 마이링크로 바꾸게 될 구스타프 마이어는 1868년 빈에서 태어났고, 1932년 바이에른 주의 슈텐베르크, 알프스 산맥이 보이는 호숫가에서 사망했다.

마이링크는 죽은 자들의 왕국이 산 자들의 왕국으로 들어온다고, 눈에 보이는 우리의 세상은 끊임없이 보이지 않는 저 세상의 침입을 받고 있다고 생각했다.

시간 거머리를 찾아간
요한 오버라이트

나의 할아버지는 세상에서 잊혀진, 룬켈이라는 작은 도시의
묘지에 영원히 안치되셨다. 초록 이끼가 촘촘히 덮인 묘석에는
세월에 마모된 연도 숫자 밑에 십자형으로 배치된 문자가 새겨
져 있었는데, 마치 어제 새겨 넣은 것처럼 생생한 금빛으로 빛나
고 있었다.

```
   V │ I
─────┼─────
   V │ O
```

† 시간 거머리를 찾아간 요한 오버라이트 †

'Vivo'란 '나는 살아 있다'는 뜻이라고 사람들이 내게 말해 주었다. 내가 아직 어렸을 적 처음으로 묘석의 문자를 보았을 때 저 말은 마치 죽은 사람이 땅속에서 내게 소리친 것처럼 내 마음에 깊은 인상을 새겨 놓았다.

Vivo, 나는 살아 있다니, 묘비에 새기려 고른 말치고는 기이했다!

오늘까지도 그때 그 묘석 앞에 섰을 때를 생각하면 내 안에서 그 말이 되울린다. 살아서는 뵌 적이 없는 할아버지가 두 손을 펼치고 유리처럼 맑고 투명한 눈을 번쩍 뜬 채로 움직임 없이 저 아래에 상하지도 않은 채 누워 계신 모습을 상상한다.

부패한 영토의 한복판에서 썩지 않은 채 머물며 고요하고 끈덕지게 부활을 기다리는 사람처럼.

나는 몇몇 도시의 묘지들에 가보았다. 나 스스로 이해할 수 없는 일이었지만, 어떤 묘석에선가 똑같은 문자를 발견하고는 발걸음을 멈추게 되길 은밀히 바랐던 것이다. 하지만 '나는 살아 있다'는 말을 발견한 적은 두 번뿐이었다. 한 번은 단치히, 다른 한 번은 뉘른베르크에서였다. 두 곳 모두 세월의 손길이 이름들을 지워 버려 '나는 살아 있다'는 문자들만이 스스로 살아가는 듯 환하고 생생하게 빛을 발하고 있었다.

어릴 적에 들은 대로 나는 늘 할아버지가 한 줄의 글도 남기지 않으셨다고 믿어 왔다. 그랬던 만큼 얼마 전에 우연히 오랜 유물인 내 책상의 구석에 숨겨진 상자에서 할아버지가 쓰신 게 분명한 기록 묶음을 발견하고는 무척 놀랐다.

기록들은 봉투에 들어 있었는데, 겉에 묘한 문장이 쓰여 있었다.

> '기다림과 희망을 버리지 않는다면
> 인간이 어찌 죽음을 피해 가겠는가.'

바로 그 순간 환한 빛처럼 내 인생을 내내 동반해 왔던, 잠깐씩 잠잠해지기도 했지만 곧 꿈속에서나 깨어나서 뚜렷한 이유도 없이 거듭거듭 내 안에서 새로워지고는 했던 말, '나는 살아 있다'는 그 말이 활활 불타올랐다.

때로는 묘석에 '나는 살아 있다'는 비문이 쓰인 건 우연히 목사가 그 문장을 선택했기 때문이라고 생각해 보기도 했지만, 기록의 겉장에서 경구를 발견한 순간 나는 거기에 뭔가 더 깊은 의미가, 어쩌면 내 할아버지의 전 인생을 가득 채웠을 뭔가가 있다고 확신하게 되었다.

그리고 할아버지가 남긴 글을 한 장 한 장 읽어 갈수록 내 확신은 더 굳어졌다.

그의 기록에는 모르는 이들에게는 밝히기 어려운 개인적인 관계들이 무척 많이 쓰여 있기 때문에, 내가 요한 헤르만 오버라이트라는 분을 알게 되고 또 그가 시간 거머리를 찾아간 일과 관계되는 내용만을 간단히 언급하겠다.

기록에 쓰인 대로 나의 할아버지는 '필라델피아 형제들'이라는 모임의 일원이었다. 이 공동체는 거슬러 올라가면 그 뿌리가 옛 이집트에까지 이르고 창설자는 전설 속의 헤르메스 트리스메기스토스❖라고 했다. 공동체에 속한 일원들이 서로를 알아보는 '손잡이'와 제스처에 대해서도 상세히 설명되어 있었다. 요한 헤르만 오버라이트라는 이름이 자꾸만 나왔는데, 그는 화학자였고 내 할아버지와 친분이 가까운 분으로 룬켈 시에 살았던 것 같다. 나는 조상의 생애와 기록에서 행마다 언급되는, 세상을 등진 신비로운 철학에 대해 알고 싶어진 나머지, 룬켈로 가서 혹시 오버라이트라는 분의 후손이 살고 있지는 않은지, 가문들을 기록한 연감은 없는지 알아보기로 했다.

그보다 몽환적인 도시는 상상하기 어려웠다. 도시는 잊혀진

....

❖ 그리스 신 헤르메스와 이집트 신 토트가 융합되어 전승된, 근대까지는 실존 인물로 간주되었던 신비주의 내의 인물.

한 조각의 중세처럼 죽은 듯 고요했고 굽은 길들의 바닥에는 풀이 아무렇게나 자라나 있었는데, 한 언덕에 이르자 비트 지방의 영주가 거주하던 룬켈슈타인 성이 울려 퍼지는 시간의 고함 소리에도 무심하게 솟아 있었다.

이른 아침부터 나는 이끌리듯 그 성의 작은 묘지로 들어가 보았다. 걸음을 옮기며 땅 밑 관 속에 잠든 이들의 이름을 읽어 나가는 동안, 부지불식간에 내 어린 시절이 통째로 되살아났다. 멀찍이에서 나는 할아버지의 묘석에 쓰인 번쩍이는 문자를 알아볼 수 있었다.

머리가 희고 수염 없이 얼굴 윤곽이 뚜렷한 노인 한 분이 그 앞에 앉아 있었다. 산책용 지팡이의 상아로 된 손잡이를 턱에 갖다 댄 채 그는 묘하게 생기 넘치는 눈빛으로 나를 바라보았는데, 뭔가 닮았다는 느낌으로 온갖 기억을 일깨우는 그런 모습이었다.

딱딱하고 높은 칼라에 넓은 검은색 실크 넥타이를 매 거의 비더마이어 풍✤의 차림새를 한 그를 보니 마치 지나간 시대를 살았던 조상의 초상화를 보는 듯했다. 요즘 시절에는 어울리지 않는 그의 모습에 놀라기도 했고 또 할아버지의 유고에서 읽은 내용이 환기되어 나도 모르게 "오버라이트"라고 소리 내어 중얼거리

....

✤ '비더마이어'는 19세기 독일, 오스트리아 등지의 소시민적 문화의 경향과 양식을 가리킴.

✝ 시간 거머리를 찾아간 요한 오버라이트 ✝

고 말았다.

"그렇소. 내가 요한 헤르만 오버라이트요." 노인이 전혀 놀라지 않으며 말했다.

나는 숨이 멎는 것 같았다. 이어진 대화에서 새로 알게 된 사실들도 내 놀라움을 전혀 가라앉히지 못했다.

실제보다 더 나이가 들어 보이는 것도 아닌 한 사람이 눈앞에 있는데 그가 무려 150살 정도라면, 이는 흔히 경험하는 일이 아니다. 이미 머리가 허연 나였지만 마치 어린 소년이 된 기분이었다. 우리는 나란히 걸었고, 그는 내게 자신이 알고 지냈던 나폴레옹이나 다른 역사적 위인들에 대한 이야기를 그들이 마치 조금 전에 죽은 것처럼 들려주었다.

"시내에서는 나를 내 손자로 알고들 있지요." 그는 웃으며 그렇게 말하고는 우리가 막 지나친 1798년이라고 쓰인 묘석을 가리켰다.

"기록에 의하면 난 여기에 묻혀 있는 셈일 거요. 사망일은 내가 써넣도록 했소. 사람들이 나를 메투살렘*이라고 하지 않도록 말이오. 'Vivo'란 글자는 내가 정말로 죽고 나면 새겨질 거요." 그가 내 생각을 짐작한다는 듯 덧붙였다.

....

❖ 성서에 나오는 노아의 할아버지로 969세까지 살았다고 전해진다.

우리는 금방 친밀해졌고, 그는 나더러 자기 집에 머물라고 고집했다.

한 달쯤 지났을까, 그동안 우리는 자주 밤늦게까지 흥미진진한 이야기를 나누고는 했다. 하지만 얘기가 내 할아버지의 기록에서 나온 '기다림과 희망을 버리지 않는다면, 인간이 어찌 죽음을 피해 가겠는가'라는 문장의 뜻에 이르면 그는 한사코 말머리를 돌리고는 했다. 하지만 우리가 함께 보낸 마지막 날이 된 어느 날 저녁에 마녀 재판에 관한 얘기를 나누던 중 내가 그런 것들은 그저 신경증적인 여성들을 둘러싼 일들이라는 의견을 말했을 때, 그가 갑자기 내 말을 끊고 이렇게 물었다.

"그러니까 당신은 인간이 육체를 떠난다든가, 그래서 이를테면 블록스베르크❖로 날아갈 수 있다는 걸 믿지 않는군요?"

나는 고개를 저었다.

"내가 시범을 보일까요?" 그가 짤막하게 물으며 나를 날카롭게 쳐다보았다.

"물론 이럴 수는 있지요." 내가 설명했다. "마녀로 불리던 여자들은 특별한 마약을 사용해 황홀 상태에 빠져서는 자신이 빗자루를 타고 하늘을 날았다고 굳게 믿었을 거예요."

....
❖ 북부 독일의 하르츠 산 정상을 가리키는 지명.

그는 잠시 생각에 잠겼다. "그렇군요. 당신은 한사코 나도 그저 상상에 사로잡힌 거라고 말하겠군요." 그는 중얼거리더니 다시 생각에 빠졌다. 그러더니 자리에서 일어서 선반에서 공책 한 권을 꺼내 왔다. "그런데 여기 내가 쓴 걸 읽어 보면 흥미가 생길지도 모르겠소. 내가 오래전에 실험한 것이라오. 그때는 내가 아직 젊고 희망에 가득 차 있었다는 걸 미리 말해 두지요."

나는 그가 시선을 내려뜨리고 마음속으로 먼 시간대를 돌아보고 있음을 깨달았다. "나도 사람들이 인생이라고 부르는 걸 믿고 있었소. 타격에 또 타격을 입기까지는 말이오. 나는 세상을 살며 마음 붙일 만한 것들을 잃고 말았지. 내 아내와 아이들, 모든 것을 말이오. 그때 운명이 나를 당신의 할아버지와 연결시켰던 거요. 그분은 내게 소원을 갖는다는 게 무엇인지, 기다림과 희망이 무엇인지를 깨닫도록 가르쳐 주었어요. 그것들이 어떻게 서로 맞물려 있는지를, 또 그 허깨비들의 가면을 잡아채는 법까지. 우리는 그것들을 시간 거머리라고 불렀지요. 거머리가 피를 빨아 먹듯이 그것들은 인생의 참된 수액인 시간을 우리 심장에서 빨아먹어 버리니까. 지금 있는 이 방에서 그분은 내가 죽음을 극복하고 희망이라는 독사를 짓밟아 버리는 길로 첫 걸음을 내딛도록 해주었소. 그래서," 그는 한순간 말을 더듬었다. "그래요. 그래서 나는 느낌이 없는 나무처럼 되었소. 누가 쓰다듬어도, 톱으로 썰어도, 불이나 물에 던져도 아무것도 못 느끼는 나무. 나의 내면은 그때부터 텅 비어 있는 거요. 난 어떤 위안도 구하지 않았소. 필요를 못 느꼈으니까. 내가 그런 걸 무엇에 썼겠소? 난 알고 있어요. 내가 존재한다는 것, 비로소 살아 있다는 것을. '나는 살아 있다'와 '나는 살고 있다' 사이에는 미묘한 차이가 존재하지요."

"말씀은 그리도 쉽게 하시지만, 정말 무섭군요!" 나는 충격을 받았다.

"그렇게 보일 뿐이라오." 그가 미소 지으며 나를 진정시켰다. "당신은 꿈에도 상상하기 어렵겠지만, 마음이 부동의 상태에 이르렀을 때 솟아 나오는 환희의 감정이 있소. 그건 '나는 살아 있다'는 영원하고 감미로운 멜로디와 같아요. 그것이 한 번 살아나면 잠을 잘 때도, 외부의 세계가 다시 우리의 감각을 일깨워도, 심지어 죽어서도 그 환희의 감정을 꺼뜨릴 수가 없는 겁니다. 어째서 인간이 그렇게 빨리 죽는지, 성서에 전해지듯 교부들이 왜 천 년을 살지 못했는지 말해 줄까요? 사람들은 나무의 녹색 가지와 같아요. 자기들이 줄기에 속한다는 걸 망각했기에 가을이 오자마자 시들고 마는 거지요. 그런데 내가 어떻게 처음으로 내 몸을 떠났는지를 얘기하려던 참이었지요.

인류의 역사만큼이나 오래된 태곳적 가르침이 있다오. 입에서 귀로 오늘날까지 전해졌지만 그걸 아는 사람은 아주 드물어요. 그 가르침은 우리가 의식을 잃지 않고 죽음의 문턱을 넘어서는 방법을 알려 주지요. 그것에 성공하기만 하면 그때부터 자기 자신의 주인이 될 수 있는 거요. 새로운 자아를 얻고, 이전까지 '나'라고 여긴 것은 지금 우리의 손과 발이 그렇듯이 하나의 도구에 지나지 않게 되는 거요.

새롭게 발견된 정신이 떠나면 몸은 시체처럼 심장과 호흡을 멈추게 되지요. 마치 이스라엘 백성이 생지옥 이집트를 탈출할 때 사해의 물기둥이 양쪽으로 벽처럼 일어선 것처럼. 오랫동안 나는 육체에서 벗어나려는 시도를 거듭하며 뭐라 부를 수 없는 고통에 시달렸지만 마침내 성공하게 되었소.

처음에는 우리가 가끔 꿈속에서 하늘을 난다고 믿을 때처럼 무릎을 모으고 아주 가볍게 허공에 뜨는 걸 느꼈지요. 하지만 나는 갑자기 남쪽에서 북쪽으로 몰려가는 캄캄한 폭풍에 휩쓸려 버렸소. 우리 표현으로는 '요르단의 상승'이라 부르는 거요. 귀에서 피가 들끓는 것처럼 요란한 소리가 들려왔소. 누가 내는지 알 수 없는 흥분된 목소리들이 나를 보고 돌아가야 한다고 고함쳤고, 떨림이 덮쳐 와 나는 멍한 두려움 속에서 눈앞에 나타난 모래톱으로 헤엄쳐 갔소. 달빛 아래서 작은 어린애만 한 형체를 보았소. 벌거벗었지만 남자인지 여자인지 성의 특징이 없는 그

형체는 키클롭스[❖]처럼 이마에 세 번째 눈을 달고서 다른 몸짓 없이 내륙의 영지를 가리키고 있었다오.

나는 어떤 미로를 통과해 하얗고 평편한 길로 들어서게 되었소. 그런데 발로 바닥을 느낄 수가 없었소. 주위의 나무와 꽃들을 만지려 해도 그 표면에 닿을 수가 없었소. 끝내 통과할 수 없는 얇은 공기막이 사이에서 막고 있었던 거요. 모든 물체들이 썩은 나무처럼 희미한 윤기를 발하고 있는 것을 또렷이 볼 수 있었소. 내가 감지한 사물들의 윤곽이 느슨해지며 연체동물처럼 흐물거리고 또 놀랍도록 커진 듯 보였소. 깃털 없는 어린 새들이 뚱뚱한 몸으로 둥근 눈을 거리낌 없이 뜨고서 거만하게 앉아 있었는데, 꼭 거대한 둥지에 앉은 살찐 거위 같은 그 새들이 나를 내려다보며 요란스레 울어 댔지요. 걷지 못할 만큼 어린 사슴이 크기는 다 자란 짐승만 해서 꼭 뚱뚱한 퍼그 같은 모습으로 이끼 위에 게으르게 앉아 있다가 간신히 고개를 돌려 나를 바라보기도 했소. 내가 얼굴을 마주친 모든 생물체들은 하나같이 두꺼비처럼 굼떴소.

나는 차츰 내가 어디에 있는지를 깨닫기 시작했소. 우리가 사는 세계처럼 현실적이고 진짜이면서도 사실은 그 그림자에 불과

....

❖ 그리스 신화에 나오는 외눈박이 괴물.

한 나라. 그곳은 분신 유령(도플갱어)들의 영역이었소. 그 유령들은 지상에 존재하는 원형에서 골수를 탈취해 양분을 섭취하면서, 헛된 희망이나 행운과 기쁨을 섭취하면 할수록 스스로 괴물로 자라난 것들이었소. 지상에서 총에 맞은 어미의 어린 짐승 새끼들이 턱없는 신뢰와 믿음으로 먹이를 기다리고 기다리다 고통에 사무쳐 죽어 갈 때, 그 저주받은 유령들의 나라에는 그 짐승 새끼들을 닮은 모상 유령들이 생겨나 거미처럼 우리 세계 생명체들의 고갈되어 가는 생명을 빨아먹지요. 지상의 살아 있는 존재들이 희망에 사로잡혀 서서히 잃고 마는 기운들이 그곳에서 무성한 잡초의 형태로 자라나고, 지상에서 뭔가를 기다리는 시간의 애타는 숨결이 그곳의 토양을 비옥하게 한다오.

　나는 계속 돌아다니다가 사람들로 붐비는 어떤 도시로 들어가게 되었소. 거기엔 이 세상에서 내가 알던 사람들이 많았는데, 나는 그들이 빗나간 희망들로 인해 어떻게 한 해 두 해가 갈수록 시들어 갔는지, 또한 자신의 마성적 자아인 뱀파이어가 인생의 시간을 그렇게 갉아먹는데도 그것을 심장에서 떼어 낼 생각을 하지 않았는지를 지금도 기억하고 있소. 거기서 그들은 고기를 집어먹어 불룩해진 뺨과 유리처럼 투명한 눈을 하고 뚱뚱한 배로 뒤뚱거리며 흐물거리는 흉측한 괴물로 부풀어 올라 있었소.

```
행운의 환전소
모든 티켓이 당첨
```

이런 팻말이 걸려 있는 한 은행에서는 회심의 웃음을 머금은 사람들이 툭 튀어나온 입술을 일그러뜨리고 입맛을 다시면서 서로 뒤질세라 금 보따리를 등 뒤로 메고 끌면서 달려 나왔소. 지상에서 도박으로 돈을 따보려는 갈증에 환장했던 자들이 굳은 지방처럼 기름진 유령들로 변한 것이었소.

나는 기둥이 하늘까지 닿을 듯한 사원으로 들어섰소. 거기 흘러나온 피로 이루어진 왕좌에 인간의 몸통을 가진 한 괴물이 앉아 있었는데, 팔은 네 개고 흉측한 하이에나 주둥이로 침을 흘리고 있었소. 그것은 미신에 빠진 아프리카 종족들이 적들을 이기게 해달라고 희생자를 갖다 바치는 전쟁의 신이었소.

나는 공포에 사로잡혀 그 신전을 가득 채우고 맴도는 부패한 안개 속에서 도망쳐 나와 거리로 돌아갔소. 그러고는 한 번도 본 적 없는 화려한 어느 궁전 앞에서 한없이 놀라 서 있었소. 그런데 모든 돌들과 지붕선 그리고 계단들이 마치 내 공상으로 직접 지은 것처럼 신기하게도 내게 익숙한 모양이었소.

나는 그 집을 무제한으로 소유한 주인처럼 넓은 대리석 계단을 밟고 올라가, 거기 문패에 쓰인 내 이름을 발견하게 되었소.

'요한 헤르만 오버라이트'

나는 안으로 들어가 보라색 의상을 걸치고 호화로운 탁자 앞에 앉은 나 자신을 보고 말았지요. 수천 명의 여자 노예들이 내 시중을 들었는데, 그녀들의 모습에서 내가 살아오며 마음을 준 여자들을 다시 발견하게 되었다오. 잠깐씩만 눈길을 준 여자들까지도 있었소.

내 분신 유령이 그렇게 방탕하게 호사하는 것을 알게 되자 설명할 수 없이 노여운 감정이 엄습하더이다. 내가 살아오는 동안 스스로 그 유령을 불러내 풍요로움을 선사했다니……. 그렇게 된 것은 내가 희망과 갈망 그리고 기다림을 통해 내 자아의 마술적인 힘이 영혼에서 흘러 나가도록 했기 때문이었소.

나는 소스라치면서 내 전 생애가 어떤 형태로든 기다림, 그저 일종의 끊임없는 출혈과 같은 기다림으로만 이루어졌다는 걸 깨닫게 되었소. 그러자 이제 내게 남은 모든 시간은 더 이상 시간을 헤아릴 필요 없이 현재를 느끼기만 하면 되었소.

그때까지 내가 살아온 인생의 내용이라고 여긴 것들이 내 앞에서 비누 거품처럼 터지고 말았소. 당신에게 이렇게 말하겠소이다. 우리가 지상에서 이루는 일들은 언제나 기다림과 새로운 소망을 품고 있소. 온 우주가 생성되자마자 소멸되어 갈 뿐인 현재의 병든 숨결로 가득 차 있다는 말이오. 인간은 누구나 의사나 변호사를 만나려고 기다릴 때, 또는 관청의 대기실에 앉아 기다릴 때 신경이 닳는 무기력감을 느끼지 않소? 우리가 삶이라고 일컫는 것 역시 바로 그런 대기실, 죽음의 대기실 같은 것이오. 나는 그때 갑자기 시간이 무엇인지를 깨달았던 거요. 우리 자신이 시간으로 만들어진 피조물이었던 것이오. 물질처럼 보이는 육신은 흘러나온 시간에 다름 아니었소.

우리는 그렇게 기다림과 희망이라는 현상을 동반하여 '다시금 시간이 되어' 날마다 무덤을 향해 가고 있소. 그건 마치 난로 위의 얼음이 쉭쉭 소리를 내며 다시 물이 되는 것과 같지요!

이런 것을 깨닫자마자 나는 내 분신 유령이 어떤 진동에 관통당하는 것을 보게 되었소. 그 유령의 얼굴은 두려움에 일그러졌소. 그때 난 내가 할 일을 알게 되었소. 뱀파이어처럼 우리를 빨아먹는 저 유령들과 죽음을 각오하고 싸우는 일이었소.

아, 분명히 아시겠지요? 왜 그것들이 인간의 눈에 보이지 않게 몸을 숨기는지. 우리 인생의 기생충인 그 악마의 가장 비열한 점은, 마치 자기가 존재하지 않는 것처럼 꾸민다는 것이오. 그때부터 나는 '기다림과 희망'을 영원히 내 삶에서 근절해 버렸소."

"오버라이트 씨, 제 생각에는 말입니다. 만일 제가 당신이 갔던 그 끔찍한 길을 가려고 하면 첫걸음을 내딛자마자 무릎을 꿇고 말 것 같군요." 내가 말했다. "끊임없이 노력해서 기다림과 희망이라는 감정을 마비시킬 수 있을지는 모르겠습니다. 하지만 그럼에도 불구하고……."

"그래요, 고작 마비시킬 뿐이라면 내면에는 여전히 '기다림'이 잠복해 있는 거라오! 그러니 아예 뿌리를 뽑아야 하는 거요!" 오버라이트가 내 말을 끊고 말했다. "이 세상에서는 그저 하나의 자동기계처럼 살아가는 거요! 살아서 죽은 사람처럼! 조금이라도 기다림이 생겨날 것 같다면 어떤 과일을 향해서도 손을 뻗지 말아요. 손도 까딱하지 말아야 하오. 그러면 모든 것이 익은 채로 당신의 품으로 떨어집니다. 처음에는 위안 없는 황무지를 헤매는 느낌이 들 거요. 그런 시간이 오래 이어지기도 하지요. 하지만 갑자기 당신을 둘러싼 주위가 밝아지고 사물들, 아름답거나 추한 모든 것들에서 예기치 못한 광채를 보게 될 거요. 그러고 나면 당신에게는 더 이상 '중요한 것'도 '중요하지 않은 것'도 없게 되고, 모든 현상이 똑같이 중요하거나 똑같이 중요하지 않게 되지요. 이쯤 되면 당신은 용의 피를 뒤집어쓰고 무적이 된 지그프리트와 같아져 이렇게 말할 수 있을 거요. 나는 눈처럼 흰 배를 타고 기슭 없는 영원한 생의 바다로 항해해 나아간다고."

이것이 요한 헤르만 오버라이트가 내게 한 마지막 말이었다. 그 이후로는 더 이상 그를 보지 못했다.

어느새 많은 세월이 흘러갔다. 나는 할 수 있는 만큼 그의 가르침을 따라 보려고 했지만 기다림과 희망은 내 마음에서 떠날 줄을 몰랐다.

나는 잡초를 뽑아내기에는 너무 기운이 약하다. 그리고 묘지의 수많은 묘석들에서 이런 비문을 보기 어려운 걸 그다지 놀랍게 여기지도 않는다.

V	I
V	O

† 시간 거머리를 찾아간 요한 오버라이트 †

나펠루스 추기경

히에로니무스 라트슈필러, 그에 대해 우리는 별로 아는 것이 없었다. 그의 이름을 알고 그가 여러 해 동안 허물어진 성에서 살았다는 것 정도를 안다. 성의 주인은 머리가 희고 무뚝뚝한 바스크인으로 그는 우울과 고독에 휩싸여 스러진 어느 귀족 가문의 시종이었다가 유산 상속인이 되었고, 히에로니무스 라트슈필러는 그에게서 성의 한 층을 통째로 세내어 값비싼 구식 세간을 들여놓고 살 만하게 꾸몄다.

새 한 마리 울지 않고 모든 것이 생기를 잃은 듯 보이는 황폐한 숲에서는 이따금 건조하고 세찬 바람에 으스스하고 뒤숭숭한

침엽수들이 비명을 지르는 듯 삐걱대는 소리를 내거나, 암녹색의 호수가 하늘을 응시하는 눈처럼 흘러가는 흰 구름들을 반사하고 있을 뿐이었는데, 그곳을 벗어나 성 안으로 들어서면 생경하고 환상적일 정도로 다른 분위기가 되었다.

히에로니무스 라트슈필러는 온종일 그의 보트에서 길고 섬세한 줄에 번쩍이는 금속 알을 달아서 고요한 물속에 드리우고 있었다. 그것은 호수의 깊이를 측정하기 위한 측심연測深鉛이었다.

우리는 그가 아마도 지리학회 회원인 모양이라고 추측했다. 우리는 낚시를 마치고 집으로 돌아갈 저녁 무렵이면 라트슈필러가 친절하게 우리에게 내준 서재에 모여 몇 시간쯤 더 앉아 있고는 했다.

"산길 너머 편지를 날라다 주는 노파한테서 오늘 우연히 들었는데요, 그분이 젊었을 때는 수도승이었고 밤마다 자기 몸을 불로 지졌다는 얘기가 있대요. 등과 팔이 흉터로 뒤덮였다더군요." 미스터 핀치가 히에로니무스 라트슈필러에 대한 얘기가 나오자 또다시 끼어들었다. "그건 그렇고, 오늘은 어디에 이렇게 오래 나가 있는지? 벌써 11시도 한참 지났는데."

"보름달이로군요." 조반니 브라체스코가 이렇게 말하며 주름진 손으로 창밖 호수 위에 일렁이는 불빛의 자취를 가리켰다. "그러니 내다보면 그분의 보트를 쉽게 찾을 수 있겠네요."

잠시 후에 계단을 올라오는 발소리가 들렸지만, 그건 늦게까지 돌아다니다가 우리를 보러 방으로 들어온 식물학자 에슈퀴드였다.

그는 어른의 키만 하고 꽃잎이 파랗게 빛나는 식물을 손에 들고 있었다.

"이 종류로는 지금껏 발견된 것 중에서 가장 커다란 표본입니다. 독성이 있는 바꽃이 이렇게 클 수 있는 줄은 몰랐는걸요." 그는 우리에게 고개를 끄덕여 인사를 한 다음 억양 없이 말했고, 이어서 꽃잎이 조금이라도 꺾이지 않도록 매우 조심하면서 그 식물을 창턱에 올려놓았다.

'그도 우리와 다르지 않군.' 이런 생각이 내게 들었고, 미스터 핀치나 조반니 브라체스코도 그 순간에 비슷한 생각을 하는 것 같았다. '그도 마치 아직 무덤 자리를 찾지 못한 사람처럼 늙은 몸을 이끌고 불안정하게 지상을 헤매는구나. 내일이면 시들고 말 식물들이나 모으면서. 대체 무엇 때문에, 왜 그렇게 하는가? 그는 깊이 생각하지 않는다. 우리가 자신에 대해 알 듯이 그도 자기의 행동이 무의미하다는 걸 알고 있다. 무슨 일을 시작하든, 그 일이 거창하든 사소해 보이든, 그 '모든 것'에는 아무런 목적도 없다는 슬픈 깨달음이 그를 곤고하게 했을 것이다. 나머지 우리 모두가 인생을 살아오며 똑같이 지쳐 버렸듯이. 우리는 어린 시절부터 죽어 가는 사람들이었다. 무얼 찾는지도 모르면서 불안하게 손가락으로 침대 시트를 더듬다가 죽음이 방 안에 와 있다는 걸 깨닫는 임종자들. 그러니 우리가 손을 펼치든 주먹을 쥐든 무슨 상관이 있겠는가.'

"여기서 낚시하는 철이 지나면 어디로 가시나요?" 식물학자는 몇 번이나 식물을 살펴보고는 천천히 우리가 있는 탁자로 와 앉으며 물었다.

미스터 핀치는 흰 머리칼을 쓸고는 시선도 들지 않고 낚싯바늘을 만지작거리며 피로가 묻어나는 몸짓으로 어깨를 으쓱했다.

"나도 모르지요." 잠시 뒤 조반니 브라체스코가 그 질문이 자기에게 던져진 것인 양 멍하니 대답했다.

무겁고 말 없는 침묵 가운데 반 시간 정도가 흘렀고 내 머릿속에서 격하게 피가 흐르는 소리가 들리는 듯했다.

마침내 라트슈필러가 창백하고 수염 없는 얼굴로 문가에 모습을 드러냈다.

그가 와인을 한 잔 따라 우리에게 치켜들었을 때는 언제나처럼 편안하고 노인다운 표정에다 손놀림도 차분해 보였지만, 방으로 들어올 때부터 흥분을 억제한 그의 분위기가 곧 우리에게도 전해졌다.

그의 눈은 평소에는 늘 피로해 보였고 마치 척수병 환자의 동

공처럼 확장도, 축소도 되지 않으며 빛에도 반응하지 않는 듯 보였다. 미스터 핀치의 말대로 까만 점이 가운데 박힌 회색빛 코트 단추 같았는데, 오늘은 열에 들떠 눈을 깜빡거리며 방 안을 둘러보다가 벽과 서가를 두리번거리며 멈출 지점을 찾고 있었다.

조반니 브라체스코가 활어조에 대한 얘기를 하다가, 호수 밑바닥 깊은 곳의 영원한 어둠 속에 서식하며 결코 밝은 곳으로 올라오지 않는, 이끼를 얹고 사는 엄청나게 늙은 거대한 메기를 잡는 희한한 방법에 대해 설명했다. 그 물고기는 자연이 선사하는 어떤 먹잇감의 유혹도 마다하고 오로지 낚시꾼이 생각해 낼 수 있는 가장 기이한 형태의 미끼만을, 이를테면 사람 손처럼 만든 반짝거리며 움직이는 양철 조각이나, 붉은 유리로 만든 박쥐 날개 모양의 미끼만을 문다고.

히에로니무스 라트슈필러는 그 이야기에 귀를 기울이고 있지 않았다.

나는 그의 정신이 다른 데 가 있다는 걸 알았다.

갑자기 그가 말문을 열었다. 마치 몇 년 동안이나 입을 꽉 다물고 비밀을 숨겨 오던 이가 돌연 고함이라도 치듯이 그간의 속사정을 털어놓는 투였다. "드디어 오늘 내 측심연이 바닥에 닿았소이다."

우리는 어리둥절한 눈으로 그를 쳐다봤다.

† 나펠루스 추기경 †

나는 그가 하는 말의 낯선 울림에 사로잡혀서 그가 호수의 깊이를 잰 과정을 설명할 때 한동안 절반밖에는 알아듣지 못했다. 호수 속 수천 길 깊은 곳에는 소용돌이가 치고 있어서 측정용 추가 그 물살에 휘말리고 밀리기 때문에, 운이 맞지 않으면 바닥에 닿지 못한다고 그가 설명했다.

그러더니 그는 승리를 자랑하는 문장을 로켓처럼 뱉어 냈다. "인간이 도구로 도달할 수 있는 가장 깊은 곳에 닿은 거요." 왜인지는 모르겠지만 그가 사용한 단어들이 내 의식 속에서 소스라치게 불붙었다. 그의 말에는 뭔가 으스스한 이중의 뜻이 들어 있어서, 마치 눈에 보이지 않는 존재가 그의 뒤에 서서 은밀한 상징을 그의 입을 통해 말하고 있는 것 같았다.

나는 라트슈필러의 얼굴에서 눈을 뗄 수가 없었다. 그때 그의 얼굴이 얼마나 그림자 같고 비현실적이던지! 내가 잠깐 눈을 감자 파란 불꽃에 감싸인 그의 얼굴이 보였다. "죽음의 성聖 엘모의 불." 내 혀가 만들어 낸 말을 소리로 내지 않으려고 나는 급히 입술을 다물어야 했다.

나는 한가할 때 라트슈필러가 쓴 책을 읽으며 그의 박식함에 놀란 적이 있는데, 바로 그때 마치 꿈속인 듯 그 구절들이 떠올랐다. 종교와 믿음, 희망을 비롯해 성경에서 약속하는 모든 것에 대한 격렬한 증오를 표현하는 구절들이었다.

나는 어렴풋이 열정에 시달리던 한 청년의 영혼이 가혹한 금욕 이후 어떤 반동에 의해 동경의 영역에서 지상으로 내팽개쳐졌다고 이해했다. 운명의 추가 인간을 빛에서 어둠으로 던져 버렸던 것이다.

나는 내 감각을 덮친 반수면의 마비 상태를 거칠게 뿌리치고는 라트슈필러의 이야기에 억지로 귀를 기울였다. 그 이야기의 첫 시작이 아직도 이해할 수 없는 먼 중얼거림처럼 내 안에서 울리고 있었다.

그가 납으로 만든 측심연을 손에 들고 이리저리 돌리고 있어서 그것이 램프의 불빛을 받아 무슨 장신구처럼 반짝거렸다. 그가 말했다.

"선생이 낚시를 좋아한다면, 200엘레❖나 되는 낚싯줄이 갑자기 당겨지면서 커다란 물고기가 딸려 올 때 흥분이 되겠지요. 엄청나게 커다란 녹색 괴물이 솟구쳐 오르며 얼굴로 물을 튀긴다면 말이오. 이 금속 조각이 내게 바닥에 닿았다는 신호를 보냈을 때 나는 그런 낚시의 즐거움보다 수천 배는 더한 쾌감을 느꼈소. 마치 내 손이 어떤 문을 두드린 것만 같았지요. 십수 년 동안 노력한 일의 끝이었소." 그는 불안한 목소리로 나지막이 덧붙여 말

....

❖ 옛날 독일에서 사용한 길이의 척도. 미터로 환산하면 약 110~170미터가량.

했다. "내일, 내일은 내가 뭘 해야 하지?"

"지표면에서 가장 깊은 곳에 닿았다고 해도 학문적으로는 아무런 의미가 없지요." 식물학자인 에슈퀴드가 말을 던졌다.

"학문, 학문적이라고요!" 라트슈필러가 뭔가를 묻듯이 우리를 멍하니 차례대로 쳐다보며 말했다. "과학이 나와 무슨 상관이라고!" 그가 마침내 내뱉었다.

그러더니 그는 성급히 자리에서 일어났다.

그러고는 방 안을 몇 차례 오갔다.

"학문은 당신한테도 그저 부차적인 일에 불과할 것이오, 교수." 그가 몸을 홱 돌려 에슈퀴드를 향하며 거의 냉랭하게 말했다.

"학문이란 것은 그저 뭔가를 한다는 구실에 불과해요. 그게 뭐든 상관없이 말이오. 인생이라는 끔찍하고 소름 끼치는 것이 우리 영혼을 고갈시켜서 우리의 가장 내밀하고 고유한 자아를 훔쳐가 버렸지요. 그래서 우리는 비명을 지르지 않기 위해 끝없이 유치하고 유별난 소일거리를 좇는 거요. 그건 우리가 상실한 것을 잊기 위해서지요. 오로지 망각하기 위해서인 거지요. 그렇지 않다고 우리 자신을 속이지는 맙시다!"

우리는 침묵했다.

"하지만 거기에도 이면의 뜻이 있지요." 갑자기 그가 격렬한 동요를 보였다. "우리의 소일거리에도 말입니다. 나는 아주, 아주 서서히 그런 사실을 깨닫게 되었지요. 섬세한 정신적 본능이 내게 알려 줍디다. 우리가 어떤 행위를 하든지 거기에는 마술적인 이중의 의미가 들어 있소이다. 마술적이지 않은 일을 할 능력이 우리에게는 없는 겁니다. 내가 반평생 동안 물속에 추를 내리고 있었던 이유를 난 알고 있소. 또 내가 마침내, 결국 마침내 바닥에 닿게 된 것이 무슨 의미인지도 알고 있소.

그것은 길고 가느다란 줄을 통해 온갖 소용돌이를 뚫고서 저 혐오스러운 태양 광선이 미치지 못하는 영역에 닿게 되었다는 것을 의미하오. 햇볕은 그저 아이들을 목마르게 할 뿐이지요. 오늘 내가 해낸 일은 그저 아무것도 아닌 외적인 사건에 불과해요.

하지만 볼 줄 아는 자, 뜻을 새길 줄 아는 자라면 벽에 어리는 모호한 그림자만 보고도 램프 앞에 선 사람이 누군지를 아는 법이지요." 그는 음울하게 웃었다.

"이 외면적 사건이 내적으로는 어떤 뜻인가를 간단히 말해 주겠소. 나는 내가 찾던 것에 도달한 거요. 이제 나는 오직 빛 속에서만 존속할 수 있는 믿음과 희망이라는 독사에 면역이 된 것이오. 내가 오늘 의지를 관철하여 납으로 된 추를 호수의 바닥까지 닿게 했을 때, 나는 돌연 심장으로 그 사실을 깨달았소. 별것 아닌 외적인 사건이 내밀한 얼굴을 보여 준 것이지요."

"그토록 인생에서 어려움을 겪었던가요? 그러니까, 당신이 성직자였을 때 말이에요." 미스터 핀치가 그렇게 묻고는 나지막이 덧붙였다. "당신의 영혼이 상처를 입었나요?"

라트슈필러는 아무 말도 하지 않고 눈앞에 어떤 장면을 떠올리고 있는 것 같았다. 그러더니 탁자에 앉아 정지된 자세로 창밖의 달을 바라보며 숨도 쉬지 않고 몽유병 환자처럼 말하기 시작했다.

"난 성직자였던 적은 없소. 하지만 어렸을 때 엄청나게 어두운 충동이 나를 이 세상에서 멀어지게 했지요. 자연의 얼굴이 내 눈앞에서 악마의 웃음을 짓는 면상으로 변하는 시간을 경험했어요. 산과 평원, 물과 하늘, 심지어 내 육신조차 무자비한 감옥의 벽처럼 보였지요. 해가 구름에 가려질 때 풀밭에 드리워지는 구름을 보고 그렇게 느낄 아이는 아마 없을 거요.

그러나 나는 그때 이미 몸이 마비되는 공포를 느꼈소. 어떤 손이 갑자기 내 눈에서 가리개를 벗겨 버린 것처럼, 나는 풀들의 줄기와 뿌리 아래에 숨은 수많은 작은 생명들이 죽음의 고통에 가득 차 말 못할 증오로 짓이겨지는 숨겨진 세계를 깊숙이 들여다보았던 거요. 어쩌면 유전된 것일지도 모르지만. 내 아버지는 땅이 오로지 피로 가득 채워진 살인자들의 무덤이라는 종교적 망상에 휩싸인 채 돌아가셨다오. 내 전 인생은 서서히 영혼의 갈증에 끝없이 시달리는 고문이 되어 갔소. 더 이상 잠을 잘 수가 없었고 생각도 할 수 없었지요. 낮이나 밤이나 내 입술은 끊임없이 경련하면서 하나의 기도문만을 기계적으로 토해 낼 뿐이었소. '우리를 악으로부터 구해 내소서.' 그러다 나는 의식을 잃고 기절하곤 했지요.

내 고향의 계곡에는 사람들이 '푸른 형제들'이라고 부르는 종교 집단이 있소. 그 신자들은 죽음이 가까워졌다고 느끼면 자신을 산 채로 묻게 한다오. 지금도 그들의 수도원이 거기에 있는데 입구에는 돌로 만든 문장紋章이 있소. 다섯 개의 푸른 꽃잎이 달린 독성 식물인데, 맨 위의 잎은 수도승이 쓰는 모자처럼 생겼지요. 아코니툼 나펠루스, 일명 '푸른 바꽃'이라고 불립니다.

나는 어렸을 때 그 교단으로 도망쳤지만, 거의 반백이 되어서 거길 떠났소.

수도원 벽 너머에는 정원이 있는데, 여름이면 온통 죽음의 푸른 식물로 뒤덮였소. 수도승들은 육신을 지져 생긴 상처에서 흐르는 피를 그 식물에다 흘렸지요. 누구든 그 공동체의 형제가 되면 푸른 바꽃을 심어야 했고, 그러고 나면 그 식물도 세례명을 받았소.

내 푸른 바꽃은 히에로니무스라 불렸고 내 피를 받아 마셨지요. 난 여러 해 동안 간절히 기적을 바랐어요. 눈에 보이지 않는 정원사가 내 생의 뿌리에도 물 한 방울을 떨구어 주기를 말이오.

피로 세례를 하는 이 기묘한 의식의 상징적인 의미는 인간이 마술적으로 자기 영혼을 천국의 정원에 심고 소망의 피로 거름을 주어 자라게 해야 한다는 것이오.

이 금욕적인 교파의 창시자인 나펠루스 추기경은 전설적인 인물인데, 어느 보름달 뜬 밤에 그가 묻힌 언덕에 어른의 키만 한 바꽃이 온통, 온통 피로 뒤덮여 일어섰다고 하오. 사람들이 그의 무덤을 열었을 때 시신은 사라진 뒤였소. 그래서 사람들은 그 성자가 식물로 변했다고 믿었고, 이 세상에 처음 나타난 그 식물로부터 나머지 것들이 유래되었다고 믿었소.

가을이 되어 그 꽃들이 지면 우리는 작은 심장처럼 생긴 독이 든 그 꽃의 씨앗들을 모았소. '푸른 형제들' 사이에 전승된 문헌에 따르면 그 '믿음의 겨자씨'를 손에 넣은 사람은 '산을 옮길 수 있다'고 했지요. 우린 그 씨앗을 먹었소.

그 엄청난 독이 심장을 변화시키고 사람을 삶과 죽음의 중간 상태에 있게 하듯이, 믿음의 핵은 우리의 피를 변화시키고 죽을 것만 같은 고통과 황홀경의 시간에 기적을 일으키는 힘이 되어야 했소.

그런데 나는 내 인식의 측심연을 내려뜨려 더 깊은 기적의 비유를 향해 더듬어 나갔소. 나는 한 걸음 한 걸음 더 내디디며 나아갔고, 그리하여 한 질문과 정면으로 마주하게 되었소. 마침내

내 피가 푸른 꽃의 독을 품게 되면 어떤 일이 일어날까? 그러자 나를 둘러싼 사물들이 생생해지며 길가의 돌들이 수천의 목소리로 내게 소리를 쳤소. 봄이 오면 또다시 네 이름을 가진 새로운 독초가 싹을 틔우도록 너는 네 피를 떨구게 될 것이라고.

그 순간 나는 그때까지 내가 먹여 키운 뱀파이어의 가면을 잡아채 벗기고는 엄청난 증오에 사로잡히고 말았소. 나는 정원으로 나가서, 히에로니무스라는 내 이름을 도둑질하고 내 생명으로 살을 찌워 온 식물들을 흔적도 남지 않도록 짓밟아 버렸소.

그때부터 내 길에는 놀라운 일들의 씨앗이 뿌려진 것 같았소. 바로 그날 밤, 나는 환영을 보았소. 나펠루스 추기경이 불붙은 초를 든 것처럼 다섯 개의 꽃잎이 달린 푸른 바꽃을 손에 들고 있었소.

그의 모습은 시체 같았지만 눈만은 불멸의 생명이 내는 광채를 띠고 있었지요.

난 나 자신의 얼굴을 보고 있는 거라 생각했다오. 그는 그렇게 나와 닮아 있었소. 그래서 나도 모르게 소스라치며 내 얼굴을 쓰다듬어 보았소. 폭발로 팔이 떨어져 나간 사람이 다른 팔로 상처를 만져 확인하듯이 말이오.

난 몰래 수도원 식당으로 들어갔고, 난폭한 노여움을 느끼며 궤짝을 뜯어내 안에 든 성자들의 유물을 부숴 버리려 했소.

† 나펠루스 추기경 †

그런데 내가 발견한 건 여러분이 저기 벽감에서 보는 지구의
뿐이었소."

라트슈필러는 자리에서 일어나 지구의를 가지고 와서 우리가
앉은 탁자 위에 올려놓고는 이야기를 계속했다.

"수도원에서 저걸 갖고 도망쳐 나온 건 그 종파의 설립자가
남긴 것 중 손으로 만질 수 있는 유일한 것을 부숴 버리기 위해
서였소. 나중에는 이렇게 생각했지요. 저 유물을 팔아 그 돈을
창녀에게 준다면 더한 경멸감을 표시하는 행동이 될 거라고. 그
후 그럴 기회가 생기자 난 실제로 그렇게 했소.

그리고 여러 해가 지났소. 하지만 난 한순간도 게으름을 피우
지 않고 인간을 병들게 하는 그 식물의 눈에 안 보이는 뿌리를
파헤쳐 내 심장에서 뽑아 버리려 했소. 이미 말한 것처럼 내가
잠에서 깨듯 명료하게 진실을 알게 되면서부터 내 앞에 자꾸만
기적들이 나타났지만, 난 굳게 버티었소. 어떤 도깨비불도 나를
늪으로 유혹해 낼 수는 없다고 생각하며.

나는 고대의 유물을 수집하기 시작했소. 여러분이 이 방에서
보는 게 전부 그 시절에 모은 것들인데, 유물 중에는 신비적인
그노시즘 의식이나 프랑스 위그노파 신비주의를 떠올리게 하는
것들도 있었지요. 내 손가락에 낀 이 사파이어 반지만 해도 ― 그
는 묘하게도 '푸른 형제들'의 표식인 바꽃 문장 반지를 끼고 있

었다 — 우연히 행상인의 봇짐에서 나온 물건들을 살펴보다가 손에 넣게 되었소. 그렇지만 충격을 받지는 않았소. 한번은 어느 친구가 내게 지구의를 선물로 보내왔는데, 바로 내가 수도원에서 훔쳐 와서 팔아 버린 그 나펠루스 추기경의 유물이었소. 그 사실을 깨닫고 나는 크게 웃지 않을 수 없었지요. 어리석은 운명의 유치한 위협이라니.

이 청명하고 희박한 산정에 사는 내게, 더 이상은 믿음과 희망의 독이 침투할 수 없소. 그러니 푸른 바꽃은 이 높은 곳에서는 꽃을 피울 수가 없소.

심연을 탐지하려는 자는 산 위로 올라가야 한다는 말이 이제 내게는 새로운 진리가 되었소.

그래서 난 결코 다시는 저지대로 내려가지 않을 것이오. 난 치유되었으니까. 설령 모든 천사들 세계의 기적이 내 품으로 떨어져 내린다 해도, 난 그것들을 하찮은 쓰레기처럼 던져 버릴 거요. 그 바꽃이란 식물이 심장병 환자들과 산골 저지대의 허약한 자들에게 독성 약물로 쓰이는 거라면 난 여기 위에서 살다가 어떤 불길한 유령도 깨부술 수 없는 불변의 금강석 같은 자연의 법칙을 정시하면서 죽겠소. 나는 아무런 목표도 동경도 없이 거듭, 또 거듭 측심연을 드리울 것이오. 아직 거짓말에 오염되지 않은, 유희하는 걸로 만족하는 아이처럼 즐겁게 말이오. 삶에는 더 깊은 목적이 있다지요. 난 추를 내려뜨리고 또 내려뜨릴 거요. 그 추가 몇 번이고 바닥에 닿을 때마다 내 안에서는 환호성이 터질 거요. 내가 접촉하는 것은 어디까지나 그저 땅일 뿐이지요. 언제 나 똑같은 고집불통의 땅. 그 땅은 위선적인 햇빛 따위는 우주 공간으로 차갑게 돌려보내고 언제나 겉과 속이 똑같지요. 위대하신 나펠루스 추기경님의 가련한 유물, 겉이나 속이나 바보 같은 나무로 이루어진 이 지구의처럼 말이오.

호수의 아가리는 언제고 내게 거듭 선언할 것이오. 지구의 겉껍질 위에서 햇빛을 받으며 끔찍한 독이 자라날 테지만, 가장 내밀한 밑바닥 심연은 그로부터 자유롭다고, 깊이는 순수함이라고."

라트슈필러의 얼굴은 흥분으로 붉어졌는데, 강렬한 그의 말틈을 비집고 음울한 분노가 터져 나왔다.

"내게 아직 소원이 있다면," 그가 두 주먹을 쥐었다. "지구의 중심까지 납추를 늘어뜨리고 이렇게 외치는 거요. 봐라, 보라고. 땅, 오직 땅밖에 없다고!"

그가 갑자기 침묵하는 바람에 우리는 놀라서 시선을 들었다.

그는 창가로 다가서 있었다.

식물학자 에슈퀴드는 몸을 굽혀 지구의에 확대경을 갖다 대더니, 라트슈필러의 마지막 말이 우리 안에 일깨운 곤혹스러움을 지워 버리려는 듯 큰 소리로 말했다.

"이 유물은 위조된 게 틀림없군요. 심지어 금세기에 만들어진 겁니다." 그가 아메리카를 가리켰다. "다섯 대륙이 지구의에 다 그려져 있잖습니까."

그러나 에슈퀴드의 매우 이성적이고 일상적인 어조도 억눌린 분위기를 깨지는 못했고, 그 분위기가 이유도 모르게 시시각각 우리를 조여 오며 점점 더 두렵게 했다.

갑자기 갈매나무나 닥나무처럼 달콤하게 코를 마비시키는 냄새가 방 안을 가득 채우는 듯했다.

나는 이 악몽 같은 분위기를 떨쳐 버리려고 저쪽 정원에서 바람이 불어온다고 말하려 했지만, 나보다 에슈퀴드가 한 발 빨리 나섰다. 그는 바늘로 지구의를 찌르며 뭐라고 중얼거렸다. 이상하다고, 심지어 우리 호수가 아주 작은 점으로 지구의에 표시되어 있다고 했던 것 같다. 그 순간 창가에 있던 라트슈필러가 잠에서 깬 것처럼 날카로운 냉소로 끼어들었다.

"어째서 이젠 더 이상 쫓아오지 않는 거지? 전에는 꿈을 꾸든 깨어 있든 위대하신 나펠루스 추기경님의 모습이 보이더니만. 기원전 200년경에 쓰인 그노시즘파 푸른 수도승들의 나사렛 고사본古寫本에는 새로 개종한 자들을 위한 예언이 쓰여 있지. '신비의 식물에 자기 피를 끝까지 부은 사람에게는, 그 식물이 영원

† 나펠루스 추기경 †

한 생명의 문턱까지 충실히 동반해 줄 것이다. 하지만 식물을 뽑아 버린 불경자는 죽음과 맞닥뜨리게 되고 그의 정신은 새로운 봄이 올 때까지 암흑의 세계로 추방되어 헤맬 것이다' 라고. 그런데 그 말들은 어디로 갔지? 말들이 죽어 버렸나? 나는 이렇게 말할 테다. 수천 년 전의 예언이 내게 부딪혀서 산산조각이 나버린 거라고. 그렇지 않다면 왜 그의 얼굴이 더 이상 나타나지 않는단 말이야? 나타나면 침을 뱉어 줄 텐데, 그 나펠루스 추기……."

갑자기 라트슈필러는 목에서 헐떡거리는 소리를 내더니 말을 마저 끝맺지 못했다. 그는 저녁에 식물학자가 방으로 들어와 창턱에 놓은 식물을 그제야 발견하고는 그것을 노려보고 있었다. 나는 펄쩍 뛰듯 일어나서 그에게 달려가려고 했다.

그런데 조반니 브라체스코가 큰 소리로 외치는 바람에 나는 제자리에 서버렸다.

에슈퀴드의 바늘 아래서 지구의의 양피지 껍질이 벗겨지더니, 마치 잘 익은 과육이 튀어나오듯이 우리의 눈앞에 반짝이는 유리로 된 공이 드러났다.

그리고 그 놀라운 예술 작품 안에는 놀랍게도 녹여 부은 듯한 추기경의 형상이 들어 있었다. 외투와 모자를 쓰고, 양손으로는 불붙은 초를 잡듯이 다섯 개의 파란 꽃잎이 달린 식물을 들고 서 있었다. 나는 공포에 질린 나머지 몸이 굳었고 감히 고개를 돌려 라트슈필러를 볼 엄두조차 내지 못했다.

　그는 하얗게 질린 입술에 창백한 모습으로 벽 쪽에 서 있었다. 그렇게 꼿꼿이 선 채로 유리공 속의 실루엣처럼 미동도 없이, 손에는 독이 든 파란 꽃을 들고서 탁자 너머로 추기경의 얼굴을 노려보았다.

　오직 눈빛만이 그가 아직 살아 있음을 알게 해주었다. 그를 제외한 우리는 그의 의식이 결코 회복할 수 없는 광기의 어둠 속으로 침몰했음을 알아차렸다.

　에슈퀴드, 미스터 핀치, 조반니 브라체스코, 그리고 나는 다음 날 아침 서로 아무런 말도 없이, 거의 인사조차 나누지 않고 헤어졌다. 간밤의 불안했던 시간 동안, 우리의 혀는 지나치게 수다를 떨었기 때문이었다.

　이후로도 나는 오랫동안 뜻 없이 외롭게 지상을 떠돌아다녔지만, 그들 가운데 누구도 다시 만나지 못했다.

　여러 해가 지난 뒤 유일하게 다시 한 번 내 발길이 그 부근을 지나게 되었다. 성 앞에는 더 많은 담장만 솟아 있었는데, 허물어진 돌들 사이 내리쬐는 햇살 아래 어른 키만 한 수풀이 솟아 있었다. 그것은 찌를 듯한 모양의 푸른 바꽃, 일명 아코니툼 나펠루스였다.

✝ 나펠루스 추기경 ✝

네 명의 달 형제들

-비망록-

제가 누구인지는 방금 말해진 대로입니다. 스물다섯 살 때부터 예순 살 때까지 저는 샤잘 백작님의 시종이었습니다. 그 전에는 아파누아 수도원에서 정원사 보조로 일하며 꽃을 길렀는데, 그곳은 제가 단조롭고 우중충한 유년을 보내다 수도원장님의 관대함 덕분에 읽고 쓰기를 배운 곳이기도 합니다.

저는 버려진 아이였기에 견진성사 때는 수도원의 늙은 정원사가 저의 대부가 되어 주셨고, 그때부터 저는 정식으로 마이링크라는 이름으로 살아왔습니다.

생각해 보면, 저는 언제나 머리에 쇠로 된 띠가 조여져 있어

상상이라고 불리는 것을 펼쳐 나가는 데 방해를 받은 것만 같습니다. 그래서 저는 내면은 거의 결여된 반면 눈과 귀는 야생동물처럼 발달해 있었습니다. 아직도 눈을 감으면 괴로울 정도로 선명하게 떠오릅니다. 그 시절의 무너진 수도원 벽과 그와는 대조적으로 당당하게 서 있던 삼나무들이, 회랑 바닥에 삐죽이 솟아 있던 벽돌들도 그 숫자까지 셀 수 있을 만큼 생생하게 떠오릅니다. 그 풍경들은 하나같이 차갑고 말이 없습니다. 하지만 제가 책에서 읽은 바에 따르면, 사물들은 종종 인간에게 말을 건넨다고 하지 않습니까?

저는 있는 그대로 솔직히 저의 이야기를 하려고 합니다. 그래야 믿을 만한 이야기라 여겨질 터이고, 그러면 식견 높으신 분들께서 이 글을 읽고 저에게 빛과 인식을 주실지도 모르니까요. 풀 수 없는 일련의 수수께끼 같았던, 제 인생행로를 동반한 그 모든 일들에 대해서.

그럴 리는 없겠지만, 만약 이 글을 대전쟁의 해인 1914년에 '베른슈타인 암 인'에서 영면하신 제 두 번째 주인님의 친구분들이신 유복하신 크리소프렌 차그레우스님과 사크로보스코 하젤마이어님이 보신다면, 그 어르신들께서 평생 비밀에 부치신 것을 제가 세상에 드러내 쓴 이유가 허황된 호기심이나 수다스러움 때문이 아님을 알아주시리라 믿습니다. 일흔 살 노인인 제가 이런 글을 쓰는 것은 결코 유치한 놀음이 아니라 정신적인 이유에서입니다. 특히나 훗날 제가 죽고 난 다음에 혹시 '기계'가 되지 않을까 하는 ─ 이것이 무슨 뜻인지는 그 어르신들께서 아실 터 ─ 두려움이 적지 않기 때문입니다.

각설하고 이제 저의 이야기를 해야겠습니다.

샤잘 백작님이 저를 받아들이시며 처음으로 한 말씀은 이런 물음이었습니다.

"네 인생에 한 번이라도 여자가 있었느냐?"

그런 적은 없었다고 솔직히 말씀드리자 그분은 만족해하시는 것 같았습니다. 오늘 그 말이 저를 불처럼 달구는데 왜 그런지 모르겠습니다. 35년이 지난 다음 제가 두 번째 주인이신 마이스터 페터 비르치히님을 모시게 되었을 때, 그분께서도 한 글자도 다르지 않은 똑같은 질문을 던지셨지요.

"네 인생에 한 번이라도 여자가 있었느냐?"

그때도 저는 묵묵히 아니라고 말했고, 오늘도 그러할 것입니다만, 그때 저는 한순간 제가 인간이 아닌 생명 없는 기계처럼 느껴져 소스라쳤습니다.

그때 일을 이상히 여겨 불평을 늘어놓을 때마다 괴기한 의심이 뇌리를 스칩니다. 정확한 말로는 표현할 수 없지만, 이를테면 햇볕 한 점 쬔 적 없어 제대로 자라지도 못하고 속절없이 시들어

✝ 네 명의 달 형제들 ✝

버리는, 근처의 덩굴옻나무에게 몰래 양분을 빼앗기는 식물들이 떠오르면서, 제가 바로 그런 존재 같다는 의심이 드는 겁니다.

처음 몇 달 동안은 샤잘 백작님과 늙은 가정부 페트로넬라와 저만 사는 그 외로운 성이, 온갖 기이한 옛날 기계들과 시계들과 망원경까지 포함해 생소하기 이를 데 없었습니다. 게다가 백작님은 특이한 점이 한두 가지가 아니었습니다. 예를 들면 저는 백작님이 옷을 입으실 때는 도왔지만 벗을 때는 도운 적이 한 번도 없습니다. 제가 도우겠다고 하면 그분은 늘 책을 더 봐야 한다고 하셨지만, 짐작건대 그분께서는 어둠 속을 헤매고 돌아다니셨을 겁니다. 아침이면 그 전날 하루 종일 집에만 계셨던 그분의 장화에 습지의 진흙과 오물이 두텁게 묻어 있었으니까요.

그분의 모습도 평범하지 않았습니다. 왜소하고 마르신 데다 몸과 머리가 잘 어울리지 않았지요. 백작님은 분명 정상적인 신체였는데도 제 눈에는 곱사등이처럼 보였는데, 그 이유는 알 수 없었습니다.

옆모습은 선이 날카로웠고, 앞으로 나온 턱 아래 휘어진 뾰족한 회색 수염은 묘하게도 낫 같은 모양이었습니다. 그런데 그분은 강인한 생기를 지니신 게 분명했습니다. 제가 모신 그 오랜 세월 동안 거의 늙지 않는 듯 보였고, 기껏해야 반달 모양의 옆모습이 더욱 날카롭고 갸름해진 정도였으니까요.

마을엔 그분에 대한 이상한 소문이 떠돌았습니다. 그분은 비가 와도 젖지 않는다든가 하는 종류였지요. 또한 잠자리에 들 시간에 그분이 농가를 지나치면 실내의 시계들이 멈춰 선다는 말도 있었습니다.

전 그런 헛소리에 귀를 기울이지 않았습니다. 가끔씩 성 안의 금속 물체들, 이를테면 칼이나 가위, 갈퀴 같은 것들이 며칠씩 자석처럼 변해 용수철이나 못 등이 달라붙는 일이 있었는데, 신기한 자연현상에 지나지 않는다고 생각했습니다. 백작님도 그 일에 대해 이렇게 설명하시더군요. 그 일대가 화산 지반 위에 있기 때문이고, 달이 차는 것과도 관련이 있는 현상이라고.

백작님은 워낙 달에 대해 이상할 정도로 관심이 많으셨고, 이후에 일어난 일로도 저는 그런 결론을 내리게 되었습니다.

우선 말씀드릴 일은 매해 여름, 정확히 7월 21일에 24시간 동안만 그 성에 머무르는 매우 이상한 손님이 있었다는 것입니다. 그 손님은 뒤에서도 더 이야기하게 될 하젤마이어 박사님이셨지요.

백작님은 그분을 가리켜 늘 '붉은 탄자부르'❖라고 불렀는데, 그 이유는 알 수 없었습니다. 왜냐하면 박사님의 머리칼은 붉지

....

❖ Thanjavur. 영어로는 Tanjore. 티베트 불교의 경전을 뜻하며 지명이기도 함.

않은 정도가 아니라 아예 머리칼이 없었고, 눈썹과 속눈썹도 없었으니까요. 그때부터 벌써 그분은 노인처럼 보이셨는데, 희한할 정도로 옛날식 복장을 입고 오셨기 때문이기도 했겠지요. 위로 갈수록 뾰족하게 좁아지는 윤기 없는 초록빛 모자에 홀란드 풍의 벨벳 재킷, 끈으로 묶는 신발, 무릎까지 오는 검은색 비단 바지 차림이셨는데, 다리가 조마조마할 정도로 짧고 가늘었습니다. 그분이 '망자처럼' 보인 것은 이런 겉모습 때문인지도 모릅니다. 하지만 그분의 목소리는 아이처럼 높고 생기 있었으며 입술은 소녀처럼 섬세하고 통통하게 부풀어 있어 그분의 나이 많음을 부정하고 있었습니다. 그런데 다른 한편으로는 온 세상 어디에도 그분처럼, 뭐랄까요, 죽은 눈빛을 가진 사람은 없을 것입니다.

불손을 범할 뜻은 없이 말씀드리건대, 그분은 뇌수종을 앓으셨고 머리가 무서울 정도로, 익혀서 껍질을 깐 계란처럼 연해 보였습니다. 공처럼 둥글고 창백한 얼굴뿐 아니라 머리통의 상태도 그랬습니다. 그분이 모자를 쓰면 모자의 테두리 아래로 핏기가 가신 띠 모양이 부풀어 올랐고, 모자를 벗으면 머리가 원래 모양을 되찾기까지 꽤 시간이 걸렸습니다.

하젤마이어님은 도착해서부터 떠나실 때까지 쉬지 않고, 먹거나 마시거나 주무시지도 않고 백작님과 함께 열심히 달에 관해서만 이야기를 나누셨습니다. 저로선 이해할 수 없는 열성이 었지요.

두 분의 친밀함이 어느 정도였냐 하면 7월 21일에 보름달이 뜨면, 함께 밖으로 나가서 성 안의 작은 늪 같은 연못가에서 몇 시간이고 물에 비친 은빛 달을 뚫어져라 바라보곤 했습니다.

한번은 우연히 옆을 지나다가 두 분께서 하얀 쪼가리를 – 빵 부스러기 같았습니다 – 연못에 던지는 걸 보았습니다. 하젤마이어 박사님은 제가 보는 걸 눈치채시곤 황급히 말씀하셨지요. "달에게, 아니 백조에게 먹이를 주는 참일세"라고요. 하지만 어딜 봐도 백조는커녕 물고기 한 마리 눈에 띄지 않았지요.

그 일은 그날 밤 제가 듣게 된 얘기와 비밀스럽게 연관되어 있는 것 같았습니다. 저는 그 얘기 한 마디 한 마디를 기억 속에 새겼다가 즉시 종이에 옮겨 썼지요.

그날 밤 저는 한동안 침실에 누워 있었는데 갑자기 백작님이 평소엔 출입하시지 않는 옆방 서재에서 한바탕 얘기를 늘어놓는 소리가 들렸습니다.

"존경하고 친애하는 박사. 우리가 방금 물에서 본 것에 의하면, 우리의 일은 훌륭하게 들어맞았고 옛날 장미십자단의 'post centum viginti annos patebo'라는 문장, 즉 '120년이 지나면 내가 나타날 것이다'라는 뜻도 우리 입장에서 분명하게 해석할 수 있게 되었습니다. 진정으로 나는 이것이 세기가 바뀜을, 태양의 전환을 알리는 반가운 현상이라고 봅니다. 막 지나온 19세기의 마지막 25년 동안 기계적인 것이 신속하고 확실하게 우위를 점령한 것은 분명하지요. 하지만 우리가 기대하듯이 이대로 계속 간다면 20세기에 인류는 일을 하느라고 대낮의 빛을 볼 수 없게 될 거예요. 점점 많아지는 수많은 기계들을 닦아 광을 내고 유지하며 고장이라도 나면 고치느라고.

오늘날 기계는 이미 황금 송아지의 값진 쌍둥이가 되었지요. 자기 자식을 죽도록 괴롭힌 자는 기껏 14일 동안 구금되는데, 땅을 고르는 기계를 망가뜨린 사람은 3년이나 감옥살이를 하니 말이오."

"그런 동력 기계를 제조하는 데는 애초부터 많은 비용이 드니까요." 하젤마이어 박사님이 대답했습니다.

"일반적으로 분명 그렇지요." 샤잘 백작님은 순순히 인정했습니다. "하지만 그것이 유일한 이유는 아닙니다. 제가 보기에 더 중요한 점은, 엄밀히 말해 인간은 스스로 시계와 같아지도록 결정된, 부실한 사물과 다름없다는 것입니다. 이는 명백합니다. 일례로 더 나은 후손을 얻기 위해 배우자 여성을 구하는 일이 절대로 하찮은 것이 아닌데도, 그런 본능이 어느새 자동기계와 같은 행동으로 전락하고 말았습니다. 인간들이 기계를 자신의 진정한 후계자이자 상속자로 보고 육신의 자손은 불구자처럼 여긴다 해도 놀랄 일이 아니지요.

여자들이 아이가 아니라 자전거나 연발총을 낳게 된다면, 갑자기 결혼이 엄청나게 많이 이루어질 겁니다. 인류가 아직 발전하지 못했던 황금시대에는, 인간들은 오직 그들이 생각할 수 있는 것만 믿었지요. 그러다가 점차로 뜯어먹을 수 있는 것만 믿는 시대가 왔어요. 이제 인간들은 완전한 봉우리에 기어오르고 말았소이다. 인간은 이제 팔 수 있는 것만을 현실로 여기게 되었다는 거요.

그리고 인간들은 '너희 부모를 공경하라' 는 네 번째 계명을 당연한 것으로 여기면서도, 그들이 낳은 기계에는 최고급 윤활유를 바르면서 정작 자신들은 마가린으로 만족하지요. 기계들이 자신들의 수고를 천배로 덜어 주고 온갖 행운을 가져다줄 거라고 믿으면서. 하지만 인간들이 까맣게 잊고 있는 사실이 있으니, 기계도 배은망덕한 자식이 될 수 있다는 것이오.

인간은 기계들이 죽은 물건들이고 인간에게 역으로 영향을 끼칠 수 없으며 지겨워지면 달팽이처럼 내던져 버릴 수 있다는 막연한 믿음을 갖고 있지요. 그런 생각에 익숙해져 있어요.

박사님, 혹시 대포를 관찰해 본 적이 있으신가요? 그 물건도 '죽었다' 고 해야 할까요? 어떤 장군도 대포처럼 소중히 다루어지지 않아요! 장군이 감기에 걸리면 아무도 대수로이 여기지 않지만, 대포는 얼지 않도록, 같은 말이지만 녹슬지 않도록 천으로 둘러치고 비를 맞지 않도록 방수막을 덮어 둡니다.

좋아요, 동의하지 않을 수도 있겠지요. 대포는 화약을 가득 채운 다음 발사 명령이 주어질 때만 폭음을 내며 발사한다는 이유를 들어서요. 하지만 테너 가수도 마찬가지로 신호를 주어야만 우렁차게 노래하지 않던가요? 게다가 그것도 음표들을 충분히 채워 넣은 다음이어야 합니다. 그러니까 온 우주에 정말로 죽어 있는 것은 아무것도 없다고 할 수 있소."

"하지만 우리의 정든 고향인 달은, 정말로 죽어 버린 친구가 되지 않았소?" 하젤마이어 박사님이 부끄러운 듯이 말을 받았습니다.

"달은 죽지 않았어요." 백작님이 훈계하듯 말씀하시더군요. "달은 그저 죽음의 얼굴일 뿐이오. 달은, 뭐라고 할까, 볼록렌즈와 같은 것이지요. 생명을 일구는 저주받은 강렬한 태양 광선을 받아서 살아 있는 존재들의 뇌에서 발생한 온갖 마술적인 영상을 진짜 같은 현실로 보이게 만들고, 부패하고 사멸하는 것들의 유독한 기운으로 다양한 형식과 형태를 싹트게 하고 거기 숨결을 부여하는.

그런데도 인간들은 모든 형상들 가운데서도 달을 가장 사랑하고, 심지어 견자인 양하는 시인들은 열광에 겨운 나머지 한숨을 쉬고 눈동자를 굴리며 달을 노래하기까지 하다니, 지나치게 괴이하지 않습니까? 수백만 년 전부터 달이면 달마다 피가 없는 우주의 시체들이 지구를 둘러싸고 돈다는 것을 깨닫고 공포에 떠는 자는 아무도 없단 말입니다! 영리한 검은 개들만이 꼬리를 말아 넣고 달을 향해 울부짖습니다."

"백작님은 최근에 저에게 이렇게 써 보내지 않으셨습니까? 기계들은 바로 달의 피조물이라고. 그 말을 어떻게 이해해야 할지 모르겠습니다." 하젤마이어 박사님이 말했습니다.

"잘못 알아들으신 겁니다. 달은 독이 든 숨결로 인간의 뇌에 생각들을 잉태시켰고, 그 생각들이 눈에 보이게 출산된 것이 기계들이라는 말이었어요.

태양은 유한한 존재에게 풍족한 기쁨을 누리고픈 열망을 심어 넣었습니다. 그리하여 그들이 얼굴에 땀을 흘리며 덧없는 작품들을 만들고 부서뜨리도록 저주한 것이지요. 하지만 지상적인 형상들의 숨겨진 근원인 달은 현혹적인 광채로 인간들이 그릇된 상상에 빠져들도록 했고, 인간들이 그런 상상을 내면에서 통찰하게 하는 대신, 손으로 만져지도록 만들어 외부 세계에 내놓게 했습니다.

그 결과로 거인의 몸과도 같은 기계들이, 그 전락한 영웅들이 뇌 속으로부터 태어나게 된 것입니다.

'파악한다'거나 '창조한다'는 것은 영혼을 눈에 보이게 만들어 버리는 일인 고로, 이제 인간은 속수무책으로 점점 기계가 되어 가는 길에 들어섰습니다. 그러다 마침내는 벌거벗은 채로 언제까지나 쉼 없이 철걱거리고 삐걱거리는 시계가 되겠지요. 그렇게 인간은 저 스스로 자신이 발명하고 싶어 한 물건이 되어 버릴 겁니다. 기쁨을 모르는 영구기관perpetuum mobile이 된다는 말입니다.

하지만 달의 형제들인 우리는 영원한 존재의 상속자입니다. '나는 살고 있다'고 하지 않고 '나는 살아 있다'고 말하는 존재, 우주가 깨어질지라도 나는 남는다는 것을 알고 있는 몇몇 불변의 의식들의 상속자이지요.

형식이 그저 허상에 불과하지 않다면, 어떻게 우리가 자유로운 의지로 아무 때나 우리의 육신을 다른 것으로 바꾸어 인간들 사이에선 인간의 모습으로, 그림자들 속에선 그림자로, 생각들 속에선 이념의 모습으로 나타나겠습니까? 또한 어떻게 우리가 비밀의 힘을 빌려 우리 자신의 모습을 마치 꿈속에서 장난감을 고르듯 마음대로 바꿔 나타날 수 있을까요?

반쯤 잠든 사람이 갑자기 자기가 꿈을 꾼다는 걸 감지하고는 꿈을 자신이 원하는 방향으로 전개시켜 새로운 육체 속으로 뛰어들듯이 말입니다. 육체는 원래부터 무無이고, 만물을 관통하는 에테르가 응고되어 경련하는 상태가 불러일으킨 착각에 불과하기 때문입니다."

"훌륭한 말씀입니다." 하젤마이어 박사님이 나긋한 소녀의 목소리로 환성을 질렀습니다. "우리가 이 지상의 존재들과 함께 그런 변형의 기쁨을 누리면 어떨까요? 그게 그렇게 안 좋은 일일까요?"

"안 좋은 일이냐고요? 무슨 일이 일어날지 모르는데요? 생각만 해도 끔찍합니다!" 백작님이 큰 소리로 말씀하셨지요. "우주 안에 인간이 '문화'라는 것을 저질러 놓으면 어떤 일이 생길지 생각해 보십시오! 14일이 지나면 달이 어떻게 보일까요? 분화구들마다 자전거 경기장이 생기고 그 주위를 빙 둘러 하수 시설이 설치될 겁니다.

그것도 인간들이 극적인 '예술'을 부려서 땅을 아예 식물이 자랄 수 없도록 망가뜨리지 않았을 때 얘기고요.

박사님은 혹시 행성들이 전화로 연결되고, 은하의 나란한 이중성二重星이 관청에서 발행한 결혼 증서를 받게 되길 원하시나요?

그렇게 되어서는 안 되지요. 당분간 우주는 지금 이대로 충분합니다.

그리고 이건 다른 얘긴데요, 박사님. 이제 박사님께서 살을 뺄, 아니 떠나실 때가 되었군요. 1914년 8월에 마이스터 비르치히의 거처에서 다시 뵙기로 하지요. 거대한 종말의 시작일 테니, 인류에게 닥친 재난에 대해서 삼가는 태도를 보여야지 않겠습니까?"

백작님이 마지막 말을 마치시기 전에 저는 서둘러 시종 복장으로 차려입고, 하젤마이어 박사님이 떠나실 때 차까지 모실 생각이었습니다.

저는 다음 순간 복도에 서 있었지요.

하지만 제가 본 것은 백작님이 '혼자서' 서재 앞에 서 계신 모습이었습니다. 하젤마이어 박사님이 입고 오셨던 홀란드 풍의 재킷과 끈 달린 구두, 비단 무릎 바지와 초록색 모자를 드신 채. 박사님은 온데간데없이 사라지셨고, 백작님은 제게 눈길 한 번 주지 않고 잠옷 차림으로 문을 닫고 들어가셨습니다.

저는 주인님이 좋다고 생각하시면 어떤 경우도 의아하게 여기지 않는 것이 잘 훈련된 시종의 의무라고 생각하고 있었습니다. 하지만 그때는 고개를 젓지 않을 도리가 없더군요. 그날은 잠이 들 때까지 평소보다 오랜 시간이 걸렸습니다.

이제 몇 년을 건너뛰어야 합니다.

그 후 무료하게 흘러간 몇 년의 일은, 언젠가 모호한 열에 들떠 거의 이해하지도 못한 채 읽은 옛날 책의 내용처럼, 퇴색되고 먼지가 덮여 있습니다.

제가 분명히 아는 사실 한 가지는 1914년 봄, 백작님이 갑자기 저에게 이렇게 말씀하신 일입니다. "나는 곧 떠나게 될 거야, 마우리티우스로." 그러시고는 무슨 의도를 품은 눈빛으로 저를 바라보셨습니다. "네가 베른슈타인 암 인에 계시는 마이스터 페터 비르치히라는 내 친구를 모셨으면 한다. 구스타프, 내 말 알아들었느냐? 거역은 용납하지 않겠다."

저는 말없이 고개를 숙였습니다.

어느 맑은 아침 백작님은 별다른 준비도 없이 성을 떠나셨고, 저는 그분을 더는 뵙지 못할 거라 생각했습니다. 그리고 백작님이 주무시곤 하던 천개天蓋 침대에는 모르는 분이 주무시고 계셨습니다.

그분이, 나중에 베른슈타인에서 사람들이 알려 준 바대로, 바로 마이스터 페터 비르치히님이셨습니다.

마이스터 비르치히님의 처소는 인Inn을 저만치 아래로 내려다볼 수 있는 곳에 있었는데, 저는 그곳에 도착하자마자 가지고 간 상자며 가방 안에 든 것들을 꺼내 장롱과 함에 옮기기 시작했습니다.

매우 특이한 옛날 램프 한 개를 높다란 고딕식 선반에 올려놓

으려고 할 때였습니다. 그 램프는 일본에서 숭배하는 어떤 우상이 책상다리를 하고 앉은 형상으로, 그 머리는 우윳빛 유리구로 되어 있고, 그 안에는 시계가 갈 때마다 아가리에서 심지가 나오며 위로 치솟은 뱀의 형상이 있었습니다. 그런데 저는 소름 끼치게도 그 방 안에서 하젤마이어 박사님이 목 매달린 시체로 흔들거리는 것을 보았습니다.

놀란 나머지 램프를 떨어뜨릴 뻔했지만, 다행히도 그것이 박사님의 옷과 모자일 뿐 박사님의 시체는 아님을 알아차렸습니다.

어쨌든 그 일은 저에게 깊은 인상을 남겼고 뭔가 두렵고 불길한 예감을 떨쳐 버릴 수 없었지만, 이후로 몇 달이 지나는 동안 크게 놀랄 만한 일은 일어나지 않았습니다.

마이스터 비르치히님은 저를 한결같이 관대하고 친절하게 대해 주셨습니다. 그런데 그분은 여러모로 하젤마이어 박사님과 무척 닮으셔서 뵐 때마다 선반 앞에서 놀랐던 기억을 떠올리지 않을 수가 없었습니다. 그분의 얼굴은 박사님처럼 공같이 둥글었고 색만 흑인처럼 검었습니다. 오래전부터 불치의 담석 질환 후유증으로 위성흑폐병僞性黑肺病에 시달리고 계셨기 때문입니다. 방이 별로 밝지 않을 때 그분을 몇 걸음 떨어져서 바라보면 거의 모습을 분간하기 어려웠습니다. 그럴 때면 턱에서부터 귀까지 나 있는 손가락 굵기의 가느다란 은백색 수염만 섬뜩한 광채를 내며 도드라져 보였습니다.

저를 사로잡은 두려운 느낌은 8월이 되어 무시무시한 세계대전이 발발했다는 소식이 들려오고 나서야 누그러들었습니다.

저는 즉시로 몇 년 전에 샤잘 백작님이 인류에게 재난이 닥칠 거라고 하신 말씀을 기억해 냈습니다. 마을 주민들이 적국들에게 퍼붓는 저주에 제가 완전히 동조하지 못한 것은, 그 일의 배후에 인간들을 꼭두각시 인형처럼 조종하는, 증오에 찬 어떤 어두운 자연의 힘의 주인이 존재하는 것처럼 느껴졌기 때문입니다.

마이스터 비르치히님은 이미 모든 것을 오래전부터 예견한 사람의 태도를 취하고 계셨습니다.

9월 4일이 되어서야 그분은 약간 동요하셨습니다. 그러고는 그때까지 저는 한 번도 들어가 본 적이 없는 문을 열어 저를 아치형의 푸른색 홀로 데려가셨습니다. 창문은 천장에만 하나 둥글게 나 있었는데, 빛이 곧장 떨어져 내리는 그 아래에는 가운데가 우묵하게 패인 검은 수정 탁자가 놓여 있고 그 주위엔 조각 장식이 된 금빛의 나무 의자들이 놓여 있었습니다.

"여기 이 홈에다가," 마이스터께서 말씀하셨습니다. "오늘 밤 달이 뜨기 전에 차갑고 맑은 분수의 물을 채워 넣어라. 마우리티우스에서 손님이 오실 텐데, 내가 부르는 소리가 들리거든 그 일본제 뱀 램프에 불을 붙여라. 심지가 잘 타야 할 텐데……." 그분은 중얼거리셨지요. "그리고 그걸 횃불처럼 들고 저쪽 벽감에 서 있어라."

밤이 되고 한참이 지나서 11시, 12시를 알리는 시계 소리가 났습니다. 저는 계속해서 기다렸습니다.

굳이 말하자면, 저는 아무도 집 안으로 들어오지 않았음을 알고 있었습니다. 굳게 닫혀 있는 문이 열린다면 삐걱대는 소리가 날 텐데 아무런 소리도 들리지 않았기 때문입니다.

사방이 죽은 듯 조용한 가운데 제 귓속에서 윙 하고 무슨 소리가 울렸고, 그 소리는 점차 소란하게 부딪히는 파도 소리만큼 커졌습니다.

마침내 마이스터 비르치히님이 제 이름을 부르는 소리가 들렸습니다. 그 소리는 마치 제 심장에서 울려 나오는 것 같았습니다.

희미하게 빛나는 램프를 손에 들고서 저는 한 번도 경험한 적 없는, 설명하기 어려운 혼곤함에 거의 마비가 된 듯한 정신으로, 어두운 공간을 가로질러 홀로 들어가서 벽감 속에 멈춰 섰습니다.

램프에선 시곗바늘 소리가 났고, 일본 우상의 불그레한 배를 통해 뱀 아가리의 심지에서 불꽃이 일었습니다. 뱀은 서서히 나선으로 몸을 움직이며 허공으로 기어오르는 것처럼 보였습니다.

보름달이 천장의 창문 위에 수직의 각도로 떠 있는지, 수정 탁자 가운데 물이 담긴 홈에는 창백한 녹색이 감도는 은빛 원반이 고요히 어려 있었습니다.

한참 동안 저는 금빛 의자들이 비어 있다고 생각했지만, 차츰 세 개의 자리에 앉아 있는 남자들이 보였습니다. 그들이 얼굴을 움직이자 북쪽에 마이스터 비르치히님이, 동쪽에는 처음 보는 분이(나중에 대화를 듣고 알게 된 크리소프론 차그레우스 박사님), 그리고 남쪽에는 횅한 머리에 양귀비 화환을 쓴 사크로보스코 하젤마이어님이 앉아 계신 것을 알아보았습니다.

점차로 청각이 깨어나면서 그분들의 말소리를 듣게 되었는데, 제가 모르는 라틴어와 독일어가 섞여 있었습니다. 낯선 분이 몸을 숙여 하젤마이어 박사님의 이마에 입을 맞추며 "사랑하는 신부여"라고 말했습니다. 그러고는 긴 말들이 이어졌는데, 너무 나직해서 제대로 들리지는 않았습니다.

그러더니 갑자기 마이스터 비르치히님의 묵시록적인 연설이 들려왔습니다.

"의자 앞에는 수정 같은 유리 바다가 있고, 의자 가운데와 의자 주위엔 네 마리 짐승들이 앞과 뒤로 눈을 뜨고 있도다. 또 한 마리 잿빛 말도 있는데 그 위에 앉은 것은 죽음이고, 지옥이 그를 쫓느니라. 그는 땅의 평화를 빼앗는 권능을 지녀 서로 목을 졸라 죽이게 하며, 커다란 칼을 들었도다."

"칼을 들었도다!" 차그레우스 박사님이 마지막 말을 따라하더니 저에게 시선을 돌리셨습니다. 그러면서 다른 분들에게 작은 소리로 저자가 믿을 만하냐고 물으셨습니다.

"저 친구는 오래전부터 내 손에 의해 시계가 되어 버렸소." 마이스터님이 안심시키는 어조로 말씀하셨습니다. "의식이 이루어지려면 우리가 모였을 때 땅을 위해서 죽은 어떤 자가 햇불을 들어야 하오. 저 친구는 시체와 같소. 램프라고 믿지만 실은 자기의 영혼을 손에 들고 있는 것이오." 그분의 말에서는 가차 없는 조롱이 느껴졌는데, 실제로 제 팔다리가 시체처럼 굳은 것을 느낀 순간 돌연한 공포에 피가 얼어붙었습니다.

다시 박사님이 말을 받아 이으셨습니다.

"세상에 증오의 찬가가 울려 퍼지고 있습니다. 내 눈으로 직접 잿빛 말 위에 앉아 있는 그를 보았습니다. 그 뒤에는 우리의 친구이자 동맹군인 수천 가지 형태의 기계들이 있었습니다. 이미 오래전부터 기계들은 스스로 힘을 갖게 되었는데, 인간들은 아직도 눈이 멀어 자기들이 주인인 줄로 알고 있지요.

기관사 없는 기관차가 바윗덩어리들을 싣고서 분노로 미친 듯이 돌진해 수백 명의 사람들을 무쇠 몸통으로 깔아뭉갭니다. 공기 중의 질소가 새롭게 위협적인 폭발 물질로 변합니다. 자연이 이렇게 숨 가쁘게, 자발적으로 가장 소중한 보물을 내어 주는 이유는 수백만 년 전부터 얼굴에 흉터를 감추고 있는 흉한 흰색 괴물의 피부와 머리카락을 근절하기 위해서입니다.

땅에서는 흉한 가시가 달린 뾰족한 금속들이 자라나 다리를 걸고 살을 찢으며, 말없이 환호하는 전보문들이 오갑니다. 또다시 꼴 보기 싫은 수많은 어린 생명들이 사라져 갑니다.

나무와 언덕 너머에는 모르타르 거인이 숨어 이빨 사이에 광석 덩어리를 물고 하늘을 향해 목을 뻗으며 기만적인 풍차들이 팔을 흔들어 음험한 신호를 보낼 때까지 죽음과 파괴를 토해 냅니다.

전기 흐르는 독사가 땅 밑에서 요동칩니다. 보시오! 아주 작은 초록색 불꽃을. 그리고 지진이 한 번 요동쳐 풍경을 공동묘지로 바꿔 버립니다.

탐조등들이 이글거리는 야수의 눈알로 암흑 속을 감시합니다. 더! 더! 더! 아직 무엇이 남았는가! 그러자 예기치 못한 무리들이 회색빛 죽음의 외투를 걸치고 피투성이 발과 꺼진 눈빛으로, 피로에 반쯤 졸며 헉헉거리고 뼈마디를 삐걱대며 다가옵니다. 그것들은 박자를 맞춰 광적인 북소리로 짖어 대며, 마취된 뇌 속에 광폭한 분노를 불어넣습니다. 폭주하는 광기가 쉴 새 없이 분출하여 비처럼 쏟아지는 납 조각들이 갈수록 많은 시체들 위에 퍼부어지지요.

서쪽과 동쪽에서, 아메리카와 아시아에서 그것들이, 쇠로 만들어진 둥근 눈의 괴물들이, 살인에 걸신들려 전쟁의 춤을 추며 다가옵니다.

금속질의 상어들이 배를 깔고 질식하면서 한때 자기들에게 생명을 주었던 해안으로 올라옵니다.

오랫동안 차갑지도 따뜻하지도 않아 '미지근하다'고 여겼던, 전에는 늘 평화롭게 제 집에 머물던 것들까지도 잠에서 깨어나 거대한 죽음에 한몫을 거듭니다. 밤으로 낮으로 쉴 사이 없이 뜨거운 입김을 하늘로 쏘아 뱉으며 몸에서 칼날과 탄피, 검과 포탄을 내어놓습니다.

새로운 거대 독수리들이 자꾸만 날아올라서 인류의 마지막 피난처 위를 선회하고 수천의 강철 거미들이 오락가락하며 은빛의 거미줄을 짭니다."

여기서 연설이 멈추었지요. 그때 제 눈에 갑자기 샤잘 백작님의 모습이 들어왔습니다. 그분은 서쪽 의자 뒤편에서 팔걸이 위로 팔짱을 끼고서 창백하고 피폐한 낯빛으로 서 계셨습니다.

이윽고 차그레우스 박사님이 절박한 몸짓으로 힘주어 말하셨습니다.

"괴기한 부활이 아닙니까? 오랫동안 땅속에서 썩어 가던 석유, 노아의 대홍수 이전에 용의 피와 기름이었던 그것이 다시 살아나려고 합니다. 그것이 둔중한 솥에서 끓고 정제된 후 벤진이 되면, 새롭고 환상적인 비행 괴물체로 흘러 들어가 땅을 구르게 하겠지요. 벤진과 용의 피! 그 둘을 누가 구분할 수 있을까요? 마침내 최후의 심판이 시작되는 전주곡이 울린 거지요."

"최후의 심판이라고 하지 마시지요, 박사님." 샤잘 백작님이 황급히 끼어들었습니다(그분의 음성에서 뭔가 두려워하는 걸 느꼈습니다). 그 말이 어떤 징조 같아서요."

어르신들이 놀라서 자리에서 일어났습니다.

"징조라니요?"

"오늘 우리는 함께 성채로 가기로 했습니다만,⋯⋯" 백작님이 오랫동안 말을 고르다가 말씀하셨습니다.

"지금까지 나는 마우리티우스에 발이 묶여 있었지요(저는 마우리티우스라는 말이 어떤 지명이 아니라 숨은 뜻이 있음을 어렴풋이 느꼈습니다). 그러면서 과연 오랫동안 내가 땅에서 달로 입김을 쏘아 대는 그림자를 본 것이 맞는지 의심을 품고 있었습니다. 내가 두려워하는 것은, 생각만 해도 소름이 돋을 지경인데, 머지않아 뜻하지 않은 일이 일어나 우리의 승리를 빼앗아 갈 것 같다는 겁니다. 오늘날의 전쟁에는 또 다른 은밀한 승리가 숨어 있다는 말입니다. 세계정신은 민족들을 서로 분리하여 미래의 육신에 달린 사지처럼 제각기 서게 하려 합니다. 그 최후의 의도를 내가 알지 못한다면 무슨 소용일지요! 보이지 않는 영향이야말로 가장 강력한 법이지요.

여러분께 말합니다. 보이지 않는 무언가가 자라고 또 자라나고 있습니다. 그런데 난 그 뿌리를 찾을 수가 없어요.

나는 속이는 법이 없는 하늘의 신호를 헤아려 보았습니다. 이제 심연의 악마들조차 전투를 벌일 채비를 하고, 머지않아 지구의 껍질은 갑자기 멈추라는 명령을 받은 말의 털처럼 요동칠 겁니다. 이미 증오의 책에 그 이름들이 쓰여진 암흑의 거인들이 우주의 심연에서부터 혜성의 파편을 지구를 향해 던지고 있습니다. 그 거인들은 태양을 향해서도 종종 그렇게 했지만 목표를 맞히지 못하고서, 마치 오스트레일리아 흑인들의 부메랑이 희생물을 맞히지 못하면 사냥꾼의 손으로 돌아가듯, 되돌아 날아갔지요. 인류는 이미 기계 군대에 의해 몰락하도록 예고되어 있는데, 대체 무얼 알리려고 그런 거창한 소동까지 벌인 것일까요?

그러자 나의 눈에서 비늘이 떨어져 나갔습니다. 그럼에도 아직까지 눈멀어 더듬기만 할 뿐이지만.

여러분도 느껴지지 않습니까? 죽음이 손아귀에 넣을 수 없는 잴 수 없는 무언가가 폭풍처럼 부풀어 오르는 것을. 그것에 비하면 바다는 그저 개숫물 한 바가지에 불과하지요.

이건 무슨 수수께끼 같은 힘일까요? 하룻밤 사이에 하찮은 것들을 모두 쓸어버리고 걸인의 영혼을 사도처럼 대범하게 만드는 이 힘은! 나는 한 가난한 여교사가 고아를 양자로 들이고도 별다른 공치사를 하지 않는 것을 보았습니다. 그러자 두려움에 사로잡혔지요.

아들이 땅에 쓰러졌을 때 어머니들이 머리를 쥐어뜯는 대신에 환호를 하는 이 세상에서, 기계적인 것의 위력은 어디로 사라진 걸까요? 아무도 읽어 낼 수 없는 예언자의 문자가 있는 걸까요? 시내 상점들에 걸려 있는 보주 산*의 십자가 그림 속에, 나무는 사라지고 사람의 아들만이 남아 '서 있을 수 있을까요?'

우리는 죽음의 천사들이 지상을 휩쓸며 날갯짓하는 소리를 듣습니다. 여러분은 그것이 죽음의 날갯짓이 아닌 다른 것이라고 확신할 수 있습니까? '내'가 어떤 돌이든, 어떤 꽃이든, 어떤 짐승이든, 시간과 공간의 안과 밖에서 보고 말할 수 있는 어떤 것 가운데 하나가 아니라고요?

사라지는 것은 아무것도 없다고 하지요. 그렇다면 마치 새로운 자연의 위력처럼 도처에서 피어나는 열기를 모으는 것은 누구의 손일까요? 그리고 이로부터 어떤 탄생이 이루어지고 그 상속자는 누가 될까요!

지난 수천 년 동안 때마다 그랬듯이, 아무도 앞길을 막지 못

....

❖ vosges. 프랑스 북동부의 산.

† 네 명의 달 형제들 †

할 누군가가 와야 할까요? 이러한 생각들이 나를 떠나질 않습니다."

"그런 누군가가 와야지요! 다만 이번에도 그가 피와 살을 입고 온다면," 마이스터 비르치히님이 조롱하듯 끼어들었습니다. "아마 농담으로 못 박히고 말 겁니다. 음흉한 웃음을 이겨 낸 자는 아무도 없으니까요."

"하지만 그는 '형상 없이' 올 수도 있지요." 차그레우스 크리소프렌 박사가 중얼거렸습니다. "마치 밤이 지나는 동안 웬 유령이 짐승들을 덮쳐서 말들이 돌연 숫자로 셈을 하거나 개들이 글을 읽고 쓰게 되는 것처럼, 만일 그가 인간을 탈피하여 불꽃처럼 나타난다면 어쩐답니까?"

"그러면 우리는 인간에게 빛으로써 빛을 속이는 일을 해야 합니다." 샤잘 백작님이 날카롭게 외치셨습니다. "우리는 인간들의 뇌 안에서, 기만적이고 냉철한 이성의 새롭고도 거짓된 광채로 살아가야만 합니다. 그들이 태양을 달과 혼동할 때까지. 그리고 빛인 것은 모조리 불신하도록 가르쳐야 합니다."

백작님이 무슨 말을 더 하셨는지는 기억나지 않습니다. 그리고 저는 내내 꼼짝할 수 없는 유리처럼 굳은 상태에서 풀려났습니다. 제 안의 어떤 목소리가 두려운 일이 일어날 거라고 속삭였지만, 저는 어쩔 수가 없었습니다.

저는 팔로 방어를 하듯이 램프를 쳐들었습니다.

그러면서 바람을 맞게 됐는지 아니면 램프 안의 뱀이 우상의 유리구 꼭대기에 도달해서인지 깜빡이던 심지에서 환한 불이 타올랐습니다. 그때 제가 알 수 있었던 것은 환한 불빛이 제 감각을 폭발시켰다는 것뿐이었습니다. 다시 제 이름을 부르는 소리가 들렸고, 그다음 어떤 물체가 육중한 소리를 내며 떨어졌습니다.

그 물체는 바로 제 몸이었던 듯합니다. 의식을 잃기 전에 잠깐 눈을 떴을 때 저는 바닥에 누워 있고 보름달이 제 위에서 환히 빛났기 때문입니다. 방은 텅 빈 듯했고 어르신들은 사라져 버렸습니다.

저는 4주 동안 깊은 마비 상태로 바닥에 누워 있었습니다. 차차 회복해 가던 중에 ― 누구한테서 들었는지는 잊었지만 ― 마이스터 비르치히님이 그새 돌아가셨으며 저를 자기 재산의 유일한 상속인으로 정하셨다는 사실을 듣게 되었습니다.

저는 아직도 오랫동안 침대에서 쉬어야만 합니다. 그래서 그때 일어난 사건에 대해 깊이 생각하고 또 모든 것을 글로 쓸 시간이 생겼습니다.

때때로 밤에 이상한 기분이 되곤 합니다. 마치 제 가슴속에 빈 공간이 있는데, 동서남북으로 무한히 펼쳐진 그 한가운데 달

✝ 네 명의 달 형제들 ✝

이 떠올라 빛나는 원환이 되었다가 사그라지고 검게 변했다가 다시 가느다란 낫 모양으로 나타나는 것 같습니다. 달의 표면은 둥근 수정 탁자에 둘러 앉으셨던 네 분들의 얼굴입니다. 그럴 때면 저는 그 생각을 떨쳐 내기 위해 고요한 적막을 뚫고 들려오는 떠들썩한 말소리에 귀를 기울여 봅니다. 그 소리는 이웃에 사는 활달한 화가 쿠빈이 그의 일곱 아들들과 새벽녘까지 주연을 벌이는 성에서 들려옵니다.

날이 밝으면 가끔씩 늙은 가정부 페트로넬라가 침대로 다가와 이렇게 말합니다. "좀 어떠신가요, 마이스터 비르치허님?" 그녀는 저에게 샤잘 백작의 가문은 사라진 지 오래라고, 목사님도 분명히 알려 주시겠지만, 1430년 이후로는 더 이상 존재하지 않는다고 말합니다. 그러면서 저더러 몽유병자라고 합니다. 달빛에 홀려서 지붕에서 떨어지기도 하고 저 스스로를 저의 시종이라고 망상한다면서. 차그레우스 박사님이니, 사크로보스코 하젤마이어라는 인물은 존재하지 않는다고도 합니다.

"붉은 탄자부르요, 그건 있지요." 그녀는 매번 이렇게 위협하듯 말을 맺습니다. "저기 난로 위에 있어요. 중국의 마술서라더군요. 하지만 기독교인이 저런 걸 읽으면 어떻게 될지 누가 알겠어요?"

저는 그 말에 입을 다뭅니다. 저만 아는 일들이 있으니까요.

늙은 가정부가 나가고 나면 저는 매번 슬그머니 자리에서 일어나 고딕식 장을 열어 보곤 합니다. 그리고 확신하게 됩니다.

뱀 램프, 그건 거기에 분명히 있습니다. 그 아래로는 하젤마이어 박사님의 초록색 모자와 재킷, 그리고 무릎까지 오는 검은색 비단 바지가 매달려 있지요.

구스타프 마이링크
Gustav Meyrink

구스타프 마이링크는 1868년 1월 19일 빈에서 배우 마리 마이어의 아들로 태어났다. 마리 마이어는 자신이 귀족 가문 마이링크의 후손이라 주장했다. 여배우의 애인, 구스타프의 아버지는 뷔르템베르크 주의 각료였던 프리드리히 칼 폰 운드 주 바른뷜러였다. 어머니가 항상 순회공연을 다녔기 때문에 어린 구스타프는 함부르크에 사는 외할머니의 손에서 자랐다. 그는 바이에른 주의 뮌헨 김나지움에 들어갔고 이후 프라하 상업학교에 진학했다. 이 보헤미아의 수도 프라하에서 스무 살의 구스타프는 은행원 일을 시작했다. 그러나 그 직업은 불행한 결혼과 그의 아내를 유혹했던 장교와의 결투로 인해 끝이 났다. 명예 심판은 구스타프가 사생아이기 때문에 '결투에 응할 자격이 없다'고 결론 냈고 그는 잠깐 감옥 생활을 맛보았다. 그 결투 사건으로 은행에서 해고당한 이후 다른 직장을 찾을 수 없었던 그는 잡지 《짐플리치시무스Simplicissimus》에 단편을 기고하기 시작했다. 불행한 가족사가 그를 문학의 길로 인도했던 것이다.

독자들로부터 많은 호응을 얻자 그 단편들은 이후 책으로 묶여 나왔다. 《열정적인 군인》, 《난초》, 《밀랍 인형관》, 《독일인 속물의 피리》가 그것이다.

1915년 구스타프의 첫 장편소설 《골렘》이 나왔다. 이 작품은 커다란 성공을 거두었다. 마이링크를 수준 낮은 작가로 생각했던 비평계의 적의에도 불의하고 곧 20만 부가 판매된 것이다. 견습 마법사라는 오랜 신화의 변형물이자 프라하의 비밀스럽고 신비한 분위기를 배경으로 한 이 이야기는, 랍비 뢰브가 만든 골렘이라는 존재를 다루어 몽환적이고 신비스러운 현대문학의 걸작이 되었다. 이 작품에는 전율을 일으키는 말투와 날카로운 아이러니가 담겨 있다. 이후 소설에서도 마이링크는 환상적이고 공상적인 모티브들을 사실적으로 옮기고자 했다. 그런 성공작들로는 《나펠루스 추기경》, 《녹색 얼굴》, 《발푸르기스의 밤》, 《흰옷 도미니크회 수사》, 《서쪽 창문의 천사》가 있다.

구스타프는 1932년 12월 4일 슈텐베르크에서 사망했다.

마이링크의 프라하

  젊은 시절 불행의 장소였던 프라하는 마이링크에게 공포의 표상이 되었다. 그는 문학적 성공을 거두자마자 프라하를 떠났다. 하지만 마지막까지 프라하에서 슬픈 자양분을 끌어냈다. 프라하에는 비밀 집회에서 불러낼 성싶은 매혹적인 과거의 그림자가, 즉 루돌프 2세의 궁전에 전 유럽의 마법사들이 모여들던 르네상스의 그림자가 있었다. 유럽의 마법사들은 황제의 부적과 주물呪物 창고에 물건들을 보탰고, 그 물건들은 현재 프라하의 박물관들에 일부 보관되어 있다. 거트루드 폰 슈바르츠펠트는 그 물건들을 부지런히 기록했다. 악마 모양의 검은 얼룩이 들어가 있는 유리 프리즘은 아마 루돌프 2세의 손님 중 한 명이었을 존디의 유명한 크리스털 병과 같은 식으로 사용되었을 것이다. 존디의 크리스털 병은 현재 대영제국 박물관에 보관되어 있다. 황제의 물건 중에는 두 뿌리의 독일산 맨드레이크, 혹은 확실한 형태가 없는 원숭이 인간 골렘 같다 하여 일명 '알라우네'라고 불리는 긴 머리카락 같은 수염이 달린 뿌리식물도 있다. 힐데가르

✝ 작가 소개 ✝

트 폰 빙겐우 그 뿌리에 악마가 산다고 말했다. 그 뿌리식물은 최음제로 알려졌고 흥분한 사람들에게는 진정제로도 쓰였다. 루돌프 2세의 의례 도구에는 마력의 인물들이 새겨진 청동 종도 있었는데, 그것은 변신의 양성적 특성을 상징한다. 루돌프 황제는 《골렘》의 주인공과 상당히 비슷하다(그의 마지막 소설에서 형상화된 마르고 거친 폭군과는 상당히 다르다). 교황청 특사의 보고서에는 루돌프 황제가 악마에게 홀렸으며 최면에 걸렸고 영매가 됐으며 자살을 시도했다고 적혀 있다. 루돌프 황제의 왕궁은 신비 철학을 연구하는 곳이었다.

개종한 유대인 의사이며 루돌프 황제와 아주 가까웠던 피스토리우스는 당시 여기저기 흩어져 있어 추적하기 어려웠던 신비 철학 저서들을 처음으로 수집했다. 교육학자 코메니우스와 당대의 대표적인 문화 지식인이었던 프란츠 안톤 스포르크 백작이 이 신비철학에 계몽주의 사상을 결합시켰다. 두 사람은 존 디가 합스부르크 왕궁에 옴으로써 시작된 영국과 프라하의 관계를 계속 유지시켰다. 연금술사이며 식물학자였고 괴테의 친구였던 카스파 폰 스텐베르크는 1838년 사망할 때까지 루돌프 황제의 전통을 이어 나갔다.

망자들의 목소리를 듣고 천사들에게 시를 불러 달라 부탁했던 릴케는, 이런 프라하의 후손이었다. 카프카는 말할 것도 없고

화가 쿠빈 역시 어둡고 피상적이나마 그런 전통을 계승했다.

1915년에 《골렘》이 출간되자 20만 부가 불과 몇 년 만에 판매되었고 마이링크는 대중적인 인기를 얻었다. 그 인기도 비평가들의 혹평을 잠재우지는 못했는데, 비평가들은 그의 이야기에 등장하는 호전적인 인물들과 낮게 유지되는 어조를 싫어했다. 자신의 중요한 모티브를 찾아낸 마이링크는 이후 《녹색 얼굴》, 《발푸르기스의 밤》, 《흰옷 도미니크회 수사》, 《서쪽 창문의 천사》 등을 통해 교리적인 방어를 해나갔다. 마지막 작품인 《서쪽 창문의 천사》는 셰익스피어의 《템페스트》의 등장인물 프로스페로의 모델이기도 했던 존 디의 이야기이다. 후에 마이링크는 불교로 개종했고, 1932년에 사망했다.

• **주요작**

소설

1903년	《열정적인 군인 *Der Heiße Soldat*》
1904년	《난초 *Orchideen*》
1908년	《밀랍 인형관 *Das Wachsfigurenkabinett*》
1913년	《독일인 속물의 피리 *Des Deutschen Spießers Wunderborn*》
1915년	《골렘 *Der Golem*》
	《나펠루스 추기경 *Der Kardinal Napellus*》
1916년	《녹색 얼굴 *Das Grüne Gesicht*》

옮긴이 조원규

서강대학교 독문과와 동대학원을 졸업하고 독일 뒤셀도르프 대학에서 독문학과 철학을 전공했다. 1985년 《문학사상》을 통해 등단했고 시집으로 《이상한 바다》, 《기둥만의 다리 위에서》, 《그리고 또 무엇을 할까》, 《아담 다른 얼굴》, 《밤의 바다를 건너》를 냈다. 《호수와 바다 이야기》, 《달빛을 쫓는 사람》, 《몸 숭배와 광기》, 《유럽의 신비주의》 등을 번역했다.

옮긴이 이승수(해제, 작가 소개)

한국외국어대학교 이탈리아어학과를 졸업하고 동 대학원에서 비교문학 박사 학위를 받았다. 옮긴 책으로 《순수한 삶》, 《신부님 우리들의 신부님》, 《그날 밤의 거짓말》, 《그림자 박물관》, 《달나라에 사는 여인》, 《넌 동물이야, 비스코비츠!》 등이 있다.

나펠루스 추기경

초판 1쇄 발행 | 2011년 10월 17일

지 은 이   구스타프 마이링크
옮 긴 이   조원규
디 자 인   최선영 · 장혜림

펴 낸 곳   바다출판사
발 행 인   김인호
주   소   서울시 마포구 서교동 398-1 창평빌딩 3층
전   화   322-3885(편집), 322-3575(마케팅부)
팩   스   322-3858
E-mail   badabooks@gmail.com
홈페이지   www.badabooks.co.kr
출판등록일   1996년 5월 8일
등록번호   제 10-1288호

ISBN 978-89-5561-577-7 04850
          978-89-5561-565-4 04800(세트)